DICO & ALICE
A CAVALO NOS PAMPAS

CARLOS FIGUEIREDO

Pesquisa, organização, notas e posfácio:
LEONARDO NAHOUM

Editor: Artur Vecchi
Organização, pesquisa, notas e posfácio: Leonardo Nahoum
Projeto Gráfico e Diagramação: Vitor Coelho
Ilustração de capa: Tibúrcio
Design de Capa: Vitor Coelho
Revisão: L. N. Pache de Faria

1ª edição, 2022
Impresso no Brasil/ Printed in Brazil

Dados Internacionais de catalogação na Publicação (CIP)
(Câmara Brasileira do Livro, SP, Brasil)

F 475

Figueiredo, Carlos.

Dico e Alice : a cavalo nos pampas / Carlos Figueiredo; organizado por Leonardo Nahoum. – Porto Alegre : Avec, 2022.

ISBN 978-85-5447-108-8

1. Literatura infantojuvenil
I. Nahoum, Leonardo II. Título

CDD 028.5

Índice para catálogo sistemático: 1. Literatura infantojuvenil 028.5
Ficha catalográfica elaborada por Ana Lúcia Merege — 4667/CRB7

EDITORA

Caixa Postal 7501
CEP 90430-970 — Porto Alegre — RS
contato@aveceditora.com.br
www.aveceditora.com.br
@aveceditora

AVEC
EDITORA

DICO & ALICE
A CAVALO NOS PAMPAS

CARLOS FIGUEIREDO

Pesquisa, organização, notas e posfácio:
LEONARDO NAHOUM

Agradecimentos do organizador:

Este livro e este pesquisador têm uma dívida de gratidão enorme para com Carlos Figueiredo, por sua amizade e interesse neste resgate; para com Úrsula Couto (Ediouro), por sua imensa ajuda e boa vontade ao nos franquear acesso ao acervo do escritor em Bonsucesso; para com Lisandro Gaertner, pela parceria na primeira tentativa de publicação, em 2017; para com Artur Vecchi, da AVEC Editora, por compreender a importância deste histórico resgate; para com todos os colaboradores de nossa campanha de financiamento no Catarse, nos primeiros meses de 2022; e para com minha família, pelo precioso tempo roubado.

Dico & Alice e a Ditadura

por Carlos Figueiredo

Com a edição do AI-5, no final da década de 1960 a Ditadura Militar, iniciada com o golpe de 1964, tornou-se ainda mais sanguinária e repressora, na contramão do que acontecia no mundo, que assistia ao início da chamada Revolução dos Costumes.

Por essa razão resolvi sair do país e passei anos fora, desfrutando da liberdade como um alguém que, perdido no deserto, a morrer de sede, encontra uma lagoa de águas claras. Com o nascimento da minha filha — estávamos então na Holanda — resolvi, todavia, voltar para o Brasil.

A opressão era terrível. Notícias de pessoas presas e submetidas a torturas de um sadismo psicopata. Escrever a série *Dico e Alice* foi então para mim uma tábua de salvação, que me permitiu achar que estava fazendo alguma coisa contrária a essas iniquidades, pois os livros infantis não eram censurados. Utilizando sempre situações imaginárias, a maioria das narrativas da série fala da luta pela liberdade contra tiranos, na maioria, cômicos.

Em *Dico & Alice a cavalo nos pampas* — o décimo segundo da série, que sequer foi impresso e que o denodado Leonardo Nahoum resgatou — essa narrativa torna-se surreal. O inimigo sequer tem nome, é uma coisa (ou um *coisa*, como prefere Dico). A razão dos seus ataques é nenhuma, na verdade não são nem seres de verdade. E o que cabe aos nossos heróis é apenas eliminá-los, o que fazem incansavelmente.

O que poderíamos chamar de uma *metaleitura do texto* deixa claro a fadiga, o esgotamento do autor, a viver esse insuportável, principalmente para o espírito, estado de coisas nos anos 1970.

Esse libelo silencioso (por não ter sido impresso, como disse) chega agora aos leitores, quase 50 anos depois de sua concepção, em meio a atmosferas igualmente difíceis. Que sejamos incansáveis na luta necessária, então, como o foram Dico e Alice contra os *coisas* !

Trancoso, maio de 2022

Introdução

Meu nome é Dico. Dico, não. Raimundo. Raimundo Andrade. Mas todo mundo me chama mesmo é de Dico. Eu sou gêmeo com minha irmã Alice. Nós vamos fazer quatorze anos, agora, dia 30 de dezembro. Somos do signo de capricórnio. Temos o cabelo do mesmo comprimento, isto é, batendo nos ombros. Aliás, eu e Alice nos parecemos muito mesmo e acredito que, se ela se vestisse de rapaz ou eu de moça, a gente poderia passar um pelo outro. E às vezes isso acontece. Eu sou louco por surfe e você pode apostar que me encontrará todo dia no Castelinho, pegando uma onda. Se eu não estiver lá, você encontra a Alice: se existe alguém mais louco por surfe do que eu, só pode mesmo ser ela. Alice tem uma coisa fantástica, que é só dela: um poder de percepção incrível. Ela tem pressentimentos e a maioria deles dá certo. Um cientista, amigo de papai, chamou isso de percepção extrassensorial, que significa, se é que você não sabe, a capacidade de perceber algo além do que pode ser percebido pelos cinco sentidos. O resto, sobre a gente, você vai ficar sabendo na história mesmo.

O papai, que está sempre conosco, é um cientista. Aliás, tudo começou por causa disso. Ele é um biologista marinho. Pesquisa, isto é, estuda a vida no mar. É um pai bem magro, com uma cor queimada de sol que ele não perde nunca. Nem em tempo de chuva. O sonho dele era ter um barco no qual ele pudesse sair pelo mundo, estudando caramujos, ostras, essas coisas. Meu sonho também é sair pelo mundo. Para pegar surfe e ver como é.

E, finalmente, nosso outro companheiro de aventuras é o Prata. José de Ribamar Prata. Um velho marinheiro, amigo de papai desde quando ele saiu da universidade. Eles estão sempre juntos, viajando, indo para lugares que eu nunca ouvi falar. O Prata é tão curtido de sol e de mar, dessa vida de marinheiro, que só mesmo você vendo para entender. De vez em quando ele pega uma viola, que ele mesmo construiu, e começa a cantar umas músicas sertanejas, bonitas, do norte do Maranhão, eu acho, onde é a terra dele. Mas, apesar de velho, o Prata é forte. Ele pode com todos nós. Quando perguntam qual o segredo dessa sua vitalidade ele ri, os dentes todinhos à mostra, negaceia e diz: "É que estou sempre agitando, sempre agitando..."

Acontece que a gente morava no Rio, em Ipanema. Ia pegar surfe no Arpoador, ia à escola. Uma vida legal. Mas papai tinha esse sonho de dar volta ao mundo. O problema *é que um veleiro oceânico custa muito, muito dinheiro. E a viagem nunca saía. Mas, um dia, o Prata deu uma sugestão maravilhosa: Por que papai não construía um saveiro? Ora, saveiros são barcos pesadões, lentos... e mais baratos! Era a solução. O Prata mesmo conhecia um estaleiro no seu Maranhão, numa cidadezinha do interior, na foz do rio Alegre, chamada Santo Amaro. Lá, ele estava certo, papai poderia construir o barco dos seus sonhos. Foi a conta. Vendemos o apartamento, passamos uns quatro meses cuidando do equipamento, papelada, essas coisas, e pegamos o avião para São Luís.*

* * *

O Fuwalda *é um saveiro um pouco diferente dos saveiros comuns. Por exemplo, parece uma sala de aula.*

Tem um lugar na parte de trás da cabine que a gente chama de "laboratório". Só que o nosso laboratório também é um pouco diferente dos laboratórios comuns. É mais bagunçado, com mil instrumentos, réguas, esferas, globos terrestres, mapas, bússolas, tudo atravancado por causa da falta de espaço que é o problema de um barco.

Muitas vezes eu e Alice íamos ao laboratório e ficávamos tentando por uma ordem naquela confusão.

Naquele dia, Alice encontrou uma espécie de mola de ferro, num estojo de madeira, debaixo de umas caixas.

— Ei, Dico, que mola é essa? — perguntou ela.

— Isso não é mola não, Alice — respondi. — É um solenoide...

Talvez tenha sido aí que tudo começou.

Capítulo 1

O CAMPO MAGNÉTICO E SUAS MISTERIOSAS UTILIDADES... — A TERRA DO FOGO — A ONDA TERRÍVEL E SUAS TERRÍVEIS CONSEQUÊNCIAS...

— Sole o quê? — perguntou Alice, sem entender.

— Isso é um solenoide — falei, apontando para a mola no estojo de madeira.

— E para que serve?

— Bem, você liga isso aí, essa mola, na eletricidade. A corrente passando pelo metal cria um campo magnético em volta da mola...

— Que fantástico! — falou Alice, os olhos arregalados. — Um capo magnético!... mas, Dico, para que serve um campo magnético?

— Um campo magnético? ora... serve para... bem... — olhei para ela, embatucado.

Afinal, para que servirá um campo magnético?

Mas, nesse momento, fui salvo pelo berro do papai, do convés, nos chamando.

— É o papai... — falei.

— Ele chegou! Quem sabe resolveu alguma coisa com a universidade e a gente vai viajar?

Sem perdermos mais tempo em conversa, saímos correndo escada acima, rumo ao convés.

O *Fuwalda*, nosso saveiro especial que já viajou por tantos mares, estava agora ancorado ali, num porto do rio São Francisco, na cidade de Penedo. Ontem de manhã havia chegado um telegrama da Universidade de Buenos Aires, convidando papai para realizar umas pesquisas no Estreito de Magalhães.

Hoje ele havia ido telefonar para lá com o nosso amigo, o velho marinheiro Prata, e agora, estava de volta.

— Olá, *muchachos*... — nos saudou ele, quando chegamos ao convés.

— E então? — perguntei.

— Como foi o telefonema? — perguntou Alice.

— Calma... foi tudo bem. Vamos para a Terra do Fogo! — respondeu ele, fazendo um gesto como se fosse um toureiro.

— Terra do Fogo! Genial! Essa é demais! — falou Alice, deslumbrada.

— Fazer o que lá? — perguntei.

— Bem... — respondeu papai. — há alguns meses um superpetroleiro afundou no Estreito de Magalhães... a Universidade de Buenos Aires quer fazer agora uma pesquisa para saber o que aconteceu com a fauna e a flora da região...

— Puxa! Tierra del Fuego... — falei, em espanhol. — temos que levar muitos, muitos agasalhos! Lá faz um frio...

— E logo com esse nome... — falou Alice. — dá uma ideia de que é quente como fogo... de onde será que vem esse nome?

— Vem do fato dos índios acenderem imensas fogueiras para se esquentarem, e os navegantes, quando passavam pelo local,

Muitas vezes eu e Alice íamos ao laboratório e ficávamos tentando por uma ordem naquela confusão.

Naquele dia, Alice encontrou uma espécie de mola de ferro, num estojo de madeira, debaixo de umas caixas.

— Ei, Dico, que mola é essa? — perguntou ela.

— Isso não é mola não, Alice — respondi. — É um solenoide...

Talvez tenha sido aí que tudo começou.

pelo Estreito de Magalhães, só viam os fogaréus... — explicou papai, como o professor que ele é.

— E quando podemos partir? — perguntou Alice;

— Por mim e pelo *Fuwalda* podemos partir até agora — foi a resposta do Prata, sempre ansioso para estar no mar.

— Primeiro temos de recolher algum equipamento de mergulho que deixei em terra — falei.

— E depois, já podemos partir? — perguntou Alice.

— Claro... — respondeu papai, sorridente.

* * *

Dois dias depois, estávamos navegando em pleno mar, rumo a Buenos Aires e de lá, direto para o Estreito de Magalhães.

Pelo menos, essa era a nossa intenção.

De tanto viver aventuras, a gente já quase se acostuma a ter os planos interrompidos por alguma coisa misteriosa.

E daquela vez, a coisa misteriosa aconteceu quando íamos saindo do Brasil e entrando nas costas uruguaias.

— Olhe o mar... — falou o Prata.

— O que tem o mar? — perguntei, ignorante.

— Tá parando... — falou o Prata.

— Tá parando? — perguntei, sem entender.

— O vento... olhe as velas — apontou ele.

E era verdade. As velas começaram a panar, por falta de sopro. O mar lentamente ia ficando mais calmo.

— Ei, Alice... — berrei. — veja o que está acontecendo...

— Puxa! — respondeu ela, subindo da cabine. — O que aconteceu com o mar?

— Não sei... — falou o velho marinheiro. — eu nunca vi uma coisa assim...

O vento não soprava.

Parecia que de repente, no meio daquele mar espelhado, havíamos chegado a algum lugar e era ali, no oceano.

— Vamos ligar o motor e seguir até a costa — falou o papai. — não estou gostando nada dessa calmaria...

Mas, não tivemos tempo para isso.

De repente, o vento começou a soprar tão forte que chegava a assobiar nos cabos das velas.

Imediatamente cortamos todo o pano.

— Essa aí vem que vem mesmo! — falou o velho marinheiro.

O dia ficou escuro quase como uma noite. A ventania prosseguia e logo o mar começou a abrir e se fechar em abismos de ondas gigantescas.

Tínhamos de tomar cuidado. O *Fuwalda* pode ser um saveiro especial, construído para mares violentos mas... ninguém pode contra a natureza.

— Ei, Dico... mantenha o leme firme... vamos ter de pegar um surfe nessas ondas... — Alice berrava, no meio do barulho infernal dos vagalhões que caíam por todos os lados.

— Vai que é coisa feia... — berrava o Prata, amarrando uma carga no convés.

— É melhor nos fechamos na cabine e esperarmos o temporal passar... — falei.

A cabine do *Fuwalda* é hermeticamente fechada. Por isso, numa emergência como esta, é melhor ficar lá dentro, pois assim o saveiro pode jogar, virar, qualquer coisa, mas não afunda.

— Vamos todos para a cabine... — berrou o papai.

E abriu a portinhola.

O Prata desceu primeiro.

Depois, o papai.

Eu deixei o leme bem firme e fui até lá segurar a portinhola para Alice descer.

Nesse momento um vagalhão escuro como a noite, a mão do demônio, varreu o convés do saveiro.

Ouvi um grito, de Alice, e fui jogado no mar como se fosse um saco de batatas.

pelo Estreito de Magalhães, só viam os fogaréus... — explicou papai, como o professor que ele é.

— E quando podemos partir? — perguntou Alice;

— Por mim e pelo *Fuwalda* podemos partir até agora — foi a resposta do Prata, sempre ansioso para estar no mar.

— Primeiro temos de recolher algum equipamento de mergulho que deixei em terra — falei.

— E depois, já podemos partir? — perguntou Alice.

— Claro... — respondeu papai, sorridente.

* * *

Dois dias depois, estávamos navegando em pleno mar, rumo a Buenos Aires e de lá, direto para o Estreito de Magalhães.

Pelo menos, essa era a nossa intenção.

De tanto viver aventuras, a gente já quase se acostuma a ter os planos interrompidos por alguma coisa misteriosa.

E daquela vez, a coisa misteriosa aconteceu quando íamos saindo do Brasil e entrando nas costas uruguaias.

— Olhe o mar... — falou o Prata.

— O que tem o mar? — perguntei, ignorante.

— Tá parando... — falou o Prata.

— Tá parando? — perguntei, sem entender.

— O vento... olhe as velas — apontou ele.

E era verdade. As velas começaram a panar, por falta de sopro. O mar lentamente ia ficando mais calmo.

— Ei, Alice... — berrei. — veja o que está acontecendo...

— Puxa! — respondeu ela, subindo da cabine. — O que aconteceu com o mar?

— Não sei... — falou o velho marinheiro. — eu nunca vi uma coisa assim...

O vento não soprava.

Parecia que de repente, no meio daquele mar espelhado, havíamos chegado a algum lugar e era ali, no oceano.

— Vamos ligar o motor e seguir até a costa — falou o papai. — não estou gostando nada dessa calmaria...

Mas, não tivemos tempo para isso.

De repente, o vento começou a soprar tão forte que chegava a assobiar nos cabos das velas.

Imediatamente cortamos todo o pano.

— Essa aí vem que vem mesmo! — falou o velho marinheiro.

O dia ficou escuro quase como uma noite. A ventania prosseguia e logo o mar começou a abrir e se fechar em abismos de ondas gigantescas.

Tínhamos de tomar cuidado. O *Fuwalda* pode ser um saveiro especial, construído para mares violentos mas... ninguém pode contra a natureza.

— Ei, Dico... mantenha o leme firme... vamos ter de pegar um surfe nessas ondas... — Alice berrava, no meio do barulho infernal dos vagalhões que caíam por todos os lados.

— Vai que é coisa feia... — berrava o Prata, amarrando uma carga no convés.

— É melhor nos fechamos na cabine e esperarmos o temporal passar... — falei.

A cabine do *Fuwalda* é hermeticamente fechada. Por isso, numa emergência como esta, é melhor ficar lá dentro, pois assim o saveiro pode jogar, virar, qualquer coisa, mas não afunda.

— Vamos todos para a cabine... — berrou o papai.

E abriu a portinhola.

O Prata desceu primeiro.

Depois, o papai.

Eu deixei o leme bem firme e fui até lá segurar a portinhola para Alice descer.

Nesse momento um vagalhão escuro como a noite, a mão do demônio, varreu o convés do saveiro.

Ouvi um grito, de Alice, e fui jogado no mar como se fosse um saco de batatas.

Capítulo II

NÁUFRAGOS — OS SONHOS DOS LIVROS DE AVENTURAS — CAVALOS E COMIDA... E MIRAGENS...

Eu não sei direito o que aconteceu.

Eu sei que um vagalhão me varreu para fora do convés e para dentro daqueles abismos, daquelas montanhas de água fria que desabavam em volta de mim.

Não dava tempo para nada.

Nem para me manter à tona. Afundava e flutuava, dependendo daquelas correntes e redemoinhos gigantescos.

"Alice... onde estará Alice...", era tudo que eu conseguia pensar, jogado como uma coisa sem poder ao menos ver o *Fuwalda*.

"Estou perdido", pensei. "com esse tempo, ninguém vai saber onde eu caí."

Mas a violência do mar não dava tempo nem para isso.

E se passaram longas horas.

A pouca luz que se filtrava no meio daquela escuridão, todavia, foi lentamente aumentando.

Eu já podia ver alguma coisa.

E, algum tempo depois, ficou claro e aquelas ondas monstruosas foram diminuindo, até parecerem umas ondinhas de brinquedo.

Mas, eu estava perdido.

No meio do oceano, perdido, frio.

O *Fuwalda* havia desaparecido. Tudo havia desaparecido, só restava aquele mar e o céu.

"Quanto tempo eu poderei resistir? Um dia? Dois? Ou será que um tubarão aparece e acaba com isso mais rápido?"

O sol agora estava bem alto e esquentava minha cabeça.

"Que fazer?", pensei. "Tenho de me manter acordado... mas... para quê? Para retardar essa morte inevitável?", e eu contemplava aquele azul infinito e via que uma salvação era muito difícil.

Mas, pensando bem, parecia que havia alguma coisa ali, mais para a direita... Com alguma dificuldade, nadei na sua direção.

Quando fui chegando mais perto, vi que era a carga que o Prata havia amarrado ao convés. O vagalhão havia varrido tudo para o mar.

Para mim, aquilo representava muito. A carga era um caixote de madeira de arroz integral. Graças ao acondicionamento especial, não havia afundado. Agarrei-me numa das bordas e, com esforço, me deitei sobre o destroço.

Estava tão cansado que dormi quase imediatamente.

Quando acordei, estava escuro como breu. Era de noite.

No outro dia, começou a soprar uma brisa firme.

Meu corpo todo estava doendo. Minhas mãos começavam a ficar cheias de gretas. E eu tinha fome.

"Será que posso comer esse arroz cru?", pensei. "Talvez se mastigar lentamente, seja possível."

Mas, nesse momento, vi uma coisa que me deixou com a respiração suspensa!

Terra!

— Terra! — berrei.

E pus-me a remar com os braços, furiosamente.

O vento soprava a favor, na direção da praia.

Lá pelo fim da tarde eu já podia ver a areia branca, uns coqueiros.

Ficamos, eu e minha jangada improvisada, um pouco antes da arrebentação, esperando a onda boa.

Ela não demorou muito e, pouco depois, cambaleando, tive ainda forças para puxar a carga para um lugar seco, antes de desmaiar.

— Dico... Dico... — eu parecia ouvir, como num sonho. — Dico, Dico... — a voz de Alice repetia meu nome.

Abri os olhos.

Passando um pano úmido na minha testa, Alice tentava me acordar.

— Alice! — berrei, sem acreditar.

— Pois é... aquela onda terrível nos jogou no mar, e parece que depois viemos os dois dar aqui nesta praia deserta — falou ela.

— Praia deserta? Onde estamos? — perguntei.

— Não sei. Não consegui ainda descobrir. Um pouco além destas dunas tem uma casa, um abrigo feito de palha, com algum peixe seco, mas não tem ninguém lá...

— Puxa! De qualquer maneira estamos salvos... Com peixe seco e arroz integral, podemos viver por um longo tempo, até chegarem os habitantes da tal casa...

— E enquanto isso nós vamos viver como num livro de aventuras, em que os pobres náufragos vêm dar com os costados numa paradisíaca ilha tropical...

— Isso é só no cinema... — falei. — Aqui vai ter é muito trabalho.

* * *

E os dias se passaram.

Fizemos um pequeno fogão de pedra e comíamos arroz integral com peixe seco. Com um pouco de calma, consegui fazer um anzol e, de vez em quando, pescávamos um bagre e melhorávamos nosso jantar.

E aquele ficou sendo o nosso paraíso tropical.

Bebíamos água de coco, nadávamos naquele mar maravilhoso, eu nunca estive com a saúde em melhor situação.

Um dia, eu fui buscar uma lenha mais afastado de onde estávamos e pensei que tivesse ouvido um barulho.

A coisa esquisita daquele lugar era que, à exceção dos peixes, nunca havíamos encontrado nenhuma outra forma de vida. Tudo, a natureza, parecia abandonado como aquela casa. Nem os passarinhos cantavam por ali.

Por isso, quando ouvi aquele barulho, fui louco para ver se encontrava alguma coisa.

Mas não encontrei nada.

Voltei para a casinha, com a madeira para fazer o fogo.

Alice estava na porta, me esperando.

— Você ouviu, Dico? — perguntou ela.

— Sim, ouvi... mas não achei nada...

— Que pena... essa monotonia começa a me cansar... espero que as pessoas dessa casa cheguem logo... — falou ela.

Coloquei a lenha num canto.

— Alice — falei. — você já notou que essa parte aqui do mundo parece abandonada? Não se ouve nenhum barulho...

Mas, como para cortar o que eu dissera, imediatamente ouvi um tropel vindo lá de fora.

Corremos para ver quem era.

Vocês não vão acreditar no que nós vimos.

Montados nuns cavalos, uns homens nus, parecendo índios, com espingardas cruzadas no peito, vinham para a cabana.

Nesse momento, uma coisa mais estranha ainda aconteceu.

Como que aparecendo do meio das palmeiras, um ser como eu nunca vi apareceu de repente. Parecia uma vela ou a crista de um galo.

Ela foi mudando de cor.

Os índios nos cavalos tentaram tomar as espingardas e atirar.

Mas, era inútil.

De repente, a crista ficou vermelho-púrpura e um raio alaranjado com um *zzzzzzzzzzzzzzzz* sinistro atingiu os cavaleiros.

Foi obra de um segundo.

Pareceu que a gente podia ver os esqueletos deles, como num raio X.

No outro segundo, já não havia nada.

Cavalos e cavaleiros haviam desaparecido, carbonizados pelo raio da tal criatura.

— Deite-se — berrei para Alice. — aquela coisa ainda não nos viu.

Ela fez o que eu falei e ficamos olhando.

Lentamente a crista foi mudando de cor; azul, amarelo, verde e cada vez mais clara até se confundir com a areia, ficar transparente e desaparecer.

Ficamos ali deitados no chão ainda um minuto, sem entender nada.

— Quero ser mico de circo... — falei com minha irmã.

— Onde será que a gente veio parar? — respondeu ela.

— De onde quer que vocês vieram, devem estar mesmo muito longe de casa... — ouvimos uma voz falar atrás de nós.

Me virei, de um salto.

Meio escondido atrás de uns matos, um índio exatamente como os outros que haviam desaparecido em frente aos nossos olhos se levantou e veio até onde estávamos.

"Onde será que a gente veio se meter desta vez?", pensei.

Capítulo III

UMA ESTRANHA HISTÓRIA — ISSO VIVE ACONTECENDO CONOSCO — UMA NOVA AMEAÇA

— Quem são vocês? — perguntou ele.

— Bem... — respondi. — eu sou o Dico e essa é minha irmã Alice...

— Sim... está certo... mas, de onde vêm vocês?

— Nós somos náufragos. Um vagalhão nos jogou fora do barco...

— Ah! Então é por isso que conseguiram ultrapassar a barreira... — falou ele.

— Barreira? Que barreira? — perguntei.

— E quem é você? — perguntou Alice.

— Calma... não falem alto. Vocês poderiam chamar atenção do *coisa*...

— *Coisa*? O que é isso?

— Bem... tenho de admitir que não é fácil para vocês entenderem. Mas, prestem atenção à história que vou contar. Nós, eu e meus companheiros que foram destruídos pelo *coisa*, viemos do centro da Terra...

— O quê? Do centro da Terra? — falei.

— Que genial! — berrou Alice.

— Calma. É uma história fantástica. Vocês têm de ter muita imaginação para entender. Acontece — continuou o homem — que nós moramos dentro da Terra do mesmo jeito que vocês moram aqui na superfície. Até aí, tudo bem. Acontece que houve um vazamento...

— Vazamento? O que é isso? — perguntou Alice.

— Por alguma razão, abriu-se uma fenda na crosta terrestre e alguns *coisas* escaparam. Nós imediatamente viemos caçá-los aqui na superfície.

— Mas, o que é um *coisa*? — perguntei.

— São seres do fundo da Terra — explicou o homem. — Eles não são propriamente seres vivos, mas também não são completamente minerais. E se reproduzem muito rapidamente aqui na superfície... isto é, viram uma ameaça para a humanidade exterior.

— Humanidade exterior? — repetiu Alice.

— Quer dizer que vocês vieram do fundo da Terra apenas para dar caça a esse tal de *coisa*? — falei.

— Sim — foi a resposta.

— Mas... por que não entram em contato com as Nações Unidas ou qualquer organização? — perguntei.

— Porque o povo do interior, como eu, que habita o oco da Terra, não quer ser descoberto pelos homens da superfície. Por isso, estamos tentando dominar essa ameaça com os nossos próprios meios... por isso fizemos uma barreira que impede todos os seres da superfície passarem por esta área...

— Ah! Essa é a tal barreira que você estava falando ainda agora... mas, que barreira é essa? Como vocês conseguem? — perguntei.

— É uma barreira psicológica. Montamos uma antena que emite raios sobre qualquer pessoa que queira penetrar nesta área e, como se fosse por hipnotismo, fazemos com que ele não entre aqui... assim, ninguém pode nos ver...

— Mas... nós podemos! — falei.

— É porque vocês vieram pelo mar, como náufragos.

— E depois de vocês acertarem esses tais de *coisas*, como vão fazer?

— Bem, aí a gente desliga as barreiras e volta para o centro da Terra. O problema é: será que a gente vai realmente acabar com os *coisas*? Eles se multiplicam com muita rapidez aqui na superfície...

Olhei para Alice.

— Que história mais fantástica! — falei.

— É. Mas, não há como negar que a gente viu realmente um grupo de cavaleiros serem reduzidos a pó pelos raios do tal *coisa*...

— Puxa! — falei. — Parece que saímos da frigideira para cair bem no fogo.

— Oh, oh! — gritou o homem do centro da Terra.

Um pouco mais na frente, de dentro das palmeiras, subitamente, uma forma como que tomou vida. Era uma crista, igual à anterior.

— Um *coisa*! — falou o homem.

— Estamos perdidos! — falei.

Mas o homem tomou uma espécie de espingarda que trazia a tiracolo e disparou.

Torrado por um raio cósmico, o bicho empreteceu e desapareceu no ar, como uma poeira.

— Bravo! — falei.

Mas, parece que havia gritado vitória antes do tempo.

Quase no mesmo lugar onde havia desaparecido o anterior, apareceu outro daqueles monstros...

— Eles aqui na superfície se reproduzem muito rapidamente... Protejam-se... — gritou ele para nós, enquanto tomava sua arma e desesperadamente tentava apontá-la na direção do bicho.

A crista na nossa frente começava a mudar de cor. Verde, azul, vermelho, púrpura.

E, de repente, vindo do *coisa*, um raio alaranjado atingiu o nosso amigo e ricocheteou!

O impacto, todavia, jogou sua arma no chão.

Dei um mergulho na direção onde ele havia caído e, quase que num movimento só, apontei o cano em direção àquela fonte de raios mortíferos e atirei.

Puxa! Em menos de um segundo, aquela montanha colorida se transformou em nada...

Olhei para o homem. Ele estava de pé novamente.

— Puxa! Essa foi fantástica! — falou ele. — Esse tiro seu nos salvou a vida...

— Mas... e você? Por que nada lhe aconteceu? — perguntei.

— Porque consegui ativar minha armadura a tempo. Você sabe, se a gente consegue erguer um campo magnético em volta, o *coisa* não consegue nos destruir com os seus raios... mas, de qualquer maneira, foi você quem nos salvou a vida.

— E, de agora em diante, temos de ter muito cuidado — falou Alice. — Parece que os campos estão infestados de... *coisas*! — que nome estranho!

— Bem — falou o homem. — eu me chamo Olegário...

Olegário!... que nome para um cara do centro da terra! Olegário! E eu que pensava que ele se chamava Tar-Ogdahr ou outro nome assim!

— Puxa! Que nome engraçado para um habitante do fundo da Terra! — falou Alice.

— Bem, meu nome não é bem Olegário. É que conversamos através de um aparelho adaptado no meu cérebro que traduz tudo para a língua de vocês. Daí, traduziu também o meu nome. Mas, isso não interessa. Temos de voltar para buscar reforços... os *coisas* estão aumentando de número. Não vamos conseguir atingi-los assim.

— Buscar reforços? Mas... como?

— Tenho um perfurador não muito longe daqui. Mandaremos um rádio para o centro e eles enviarão reforços.

Perfurador? O que seria isso? E o que seria também um ser que não é vivo direito, chamado *coisa*? Eu não entendia nada. E nem o Olegário nos dava tempo de entender.

Pondo-se de pé, ele falou:

— Vamos sair daqui rapidamente. Um *coisa* pode aparecer a qualquer momento. No perfurador estaremos mais seguros...

Para que discutir?

Capítulo IV

PIOR NÃO PODERIA FICAR — O *COISA* ENFURECIDO — PARECE QUE PODE FICAR MUITO PIOR...

"Bem", pensei eu, "essa história está rápida demais! A gente é varrido do convés do *Fuwalda* por um vagalhão. Se encontra numa praia deserta, provavelmente nos pampas uruguaios. De repente, dá de cara com essa história fantástica..."

— De onde mesmo você vem? — perguntei ao Olegário.

— Venho, juntamente com os outros companheiros, do centro da Terra. Lá nós temos uma civilização que é um segredo mantido com muita dificuldade. Não queremos que as pessoas da superfície saibam que existimos...

Nós estávamos andando atrás dele, em direção ao tal perfurador. Felizmente não havia sinal do tal *coisa*.

— Por quê? — perguntou Alice.

— Na nossa civilização não há fome... não há guerra... temos medo que o contato com a superfície possa nos trazer essas doenças...

— Eu entendo... — falou Alice.

— Mas... como é que vocês chegaram até aqui? — perguntei.

O homem do centro da Terra aproveitou aquele momento e fez um gesto em direção ao horizonte.

Firmei bem a vista e vi, um pouco no fundo, o que parecia uma coisa de metal.

Nos aproximamos.

— Este é o perfurador... — falou o nosso amigo.

— Um perfurador? — repeti.

— Sim — ele explicou. — um veículo para viajar por dentro da Terra...

Quando chegamos perto, vi que o tal veículo parecia uma mola, a ponta de um parafuso.

— Entrem — falou ele, abrindo uma porta no estranho engenho.

Entramos.

Lá dentro era como o interior de uma nave dessas que a gente vê na televisão.

O Olegário tomou uma espécie de rádio e começou a falar numa língua que não entendíamos.

Olhei para Alice.

— Puxa! — falou ela. — que coisa fantástica...

— É, mas corremos um perigo muito sério... — o Olegário falou, terminando sua transmissão no rádio. — O *coisa* pode se tornar uma ameaça à superfície... vejam, se eles crescerem como vêm crescendo, então, tomarão de assalto toda a América do Sul...

— E depois o mundo! — falei.

— Temos de detê-los! — falou Alice.

— Enquanto isso, esperaremos os reforços. Mas, não temos tempo a perder. Temos de sair onde quer que for e destruí-los...

Existem outras armas a bordo desta nave, de modo que vocês podem se municiar...

— Temos de enfrentá-los... — falei. — nem que isso nos custe a vida...

— Ora, Dico... — falou Alice. — não fique com essas frases bombásticas assim, você sabe muito bem que o que move você para situações como essa é o seu espírito de aventura...

— Bem, de qualquer maneira, vamos à caça dos *coisas*... — falei.

Mas, antes precisávamos comer alguma coisa e, principalmente, descansar.

O Olegário preparava uns pratos, enquanto nos falava do que talvez fosse acontecer.

— Os *coisas* não são propriamente seres vivos... São processos biológicos muito diferentes dos nossos, assim como uma pedra viva...

— Uma pedra viva...

— Bem, na realidade não sabemos ainda se os *coisas* seriam vivos ou não. Talvez trate-se de um fenômeno mineral...

— Puxa! Que bicho complicado! — falei.

— Você tem alguns segundos para destruí-lo quando ele se forma em sua frente. Lentamente as cores vão mudando até chegar no vermelho-púrpura... Aí então ele emite um raio alaranjado que reduz as vítimas a poeira atômica...

— Mas... como é que eles não ameaçam vocês lá no centro da Terra? — perguntei.

— Bem, é que lá as temperaturas onde ele habita são mais altas... ele pode ser controlado em lugares especiais... Todavia, essa fenda, abruptamente, trouxe-os para a superfície, onde eles estão se reproduzindo rapidamente... Acho que o sol deve excitar a sua natureza animal, se é que eles têm uma!

— Mas... e eles são inteligentes? — perguntou Alice.

— Como iríamos saber? — falou o Olegário. — Como é que você mede a inteligência de um mineral?

— Mas, mineral não tem inteligência! — falei.

— Então como você explica os *coisas*? Eles podem agir às vezes em grupo, muito coordenadamente. Se você começa a conhecê-los, você pensa: "mas isso é uma obra de Inteligência!...". Todavia, quem vai acreditar na inteligência de uma coisa que é como uma pedra?

— Ora, isso não importa... temos é de acabar com eles — falei.

— Ou pelo menos evitar que eles se multipliquem até a chegada dos reforços... A barreira psicológica, que colocamos em torno desta área, não pode ficar ligada por muito tempo... Sempre existe a possibilidade de alguém notar... e aí, seremos descobertos... — o Olegário falava enquanto nos passava as armas com as quais deveríamos combater os *coisas*.

— O melhor seria se tivéssemos cavalos... — falei.

— Ora... mas isso é fácil... aqui mesmo existem vários deles...

— Então vamos apanhá-los... estou louca para andar a cavalo... — falou minha irmã.

E assim, algum tempo depois, estávamos com uns belos garanhões presos num cercado. Escolhemos cada um deles a dedo e tomamos uma madrinha que é como se chama a égua que segue, com um sininho tocando, na frente da tropa. Com isso, manteríamos a cavalhada junta, enquanto galopávamos por ali, naquelas planuras.

— Bem, vamos cada um para um lado, isto é, eu vou para lá... — e o Olegário apontou o horizonte à sua direita. — e vocês dois vão para lá... — ele continuou, apontando para o outro lado. — Tomem cuidado. Estejam de volta assim que acharem conveniente. A nave poderá nos proteger...

Os cavalos relinchavam, ariscos.

— Olegário... — falou Alice, no meio da poeira, enquanto ele começava a se afastar. — você ainda não disse uma coisa... Por quê? Por que os *coisas* precisam ser destruídos?

— Por quê? Ora... — falou ele, dando uma pausa. — porque eles destroem tudo o que podem... porque, se não acabarmos com eles, eles acabarão conosco!

E ele deu um tapa com a mão aberta no cavalo, que saiu em disparada.

Capítulo V

A CAVALO NOS PAMPAS — ACAMPAMENTOS À NOITE — A LUZ QUE BRILHAVA NA NOITE

— Vamos, Dico... — berrou Alice, enquanto punha o cavalo para galopar.

— Vamos... — falei, indo atrás.

Os pampas é um lugar maravilhoso. Plano até a linha do horizonte. E coberto de trigo dourado, que à noite... mas... não é só isso, uma descrição do lugar, de sua beleza. É aquela emoção de estar a cavalo e ter o mundão aberto pela frente. Uma sensação de liberdade.

Saímos galopando.

Mas, pouco depois, diminuíamos nossa energia e para alegria dos cavalos começávamos a marchar devagar, enquanto conversávamos.

— Puxa, Dico... essa aventura é demais... me lembra um daqueles antigos safáris na África. Só que dessa vez o inimigo pode aparecer de repente... praticamente se materializar do nada!

— Você viu o que aconteceu com os outros cavaleiros... — falei. — desapareceram no ar...

— Mas, Dico... por que eles não reagiram? Não atiraram?

— Não deu tempo. Este fuzil demora um pouco para carregar. Não atira assim imediatamente...

— Que chato. Os fuzis da superfície são melhores... você aperta o gatilho e buuummm!... está lá!

— Mas uma simples bala não faria diferença nenhuma para o *coisa*. Ele provavelmente chuparia a bala e depois cuspiria ela fora... Esses fuzis que nós levamos, essas armas, atiram raios positrônicos... é a única força capaz de destruir um *coisa* — falei.

— Puxa! Nós vamos estar mal se elas se espalharem pela superfície...

— Elas quem? — perguntei.

— As *coisas*... — respondeu ela.

— Gozado... eu falava os *coisas*! Você fala as *coisas*...

— O que importa é que ela está bem ali na frente — falou Alice.

Ao ver o monstro subitamente aparecer na nossa frente, o cavalo se assustou.

Tentei apontar a arma, mas o garanhão saiu em disparada. Era impossível atirar!

Me agarrando na crina do animal, eu olhava aquela crista imensa mudando de cor. Azul, vermelho... puxa!

O cavalo pulava como se estivesse alucinado!

De repente, ouvi um estouro.

Conseguindo segurar o cavalo na rédea, olhei para trás.

No chão, Alice, com sua arma de raios positrônicos, havia acertado em cheio no bicho.

Controlei a montaria e voltei até onde ela estava.

— Puxa! — falei. — você salvou nossas vidas!

— Caçar esse bicho a cavalo é meio perigoso... — falou ela.

— Temos de treiná-los para isso... é a primeira vez que eles veem um *coisa*...

Olhei em volta.

— E depois, Alice — continuei. — como é que a gente pode se movimentar nestes pagos?[1] Só a cavalo mesmo... vamos com paciência...

Mas, não vimos mais *coisas* naquele dia.

O pôr do sol foi um espetáculo maravilhoso. É legal ir aos pampas nem que seja para ver o pôr do sol!

Parecia que todas as cores estavam ali naquela hora. Nos esquecemos do naufrágio. Nos esquecemos dos *coisas*. Ficamos olhando para aquela festa grandiosa até a escuridão quase total.

— Puxa! — falou Alice. — Temos de fazer um acampamento...

— Acho que ali tá legal... — falei, apontando uma área que eu já havia visto antes de escurecer.

Acampar naquela região não tem muito problema.

Tiramos as selas dos cavalos, fizemos um fogo, colocamos a chaleira para ferver.

Eu queria tomar um chimarrão.

Enquanto a água fervia, ficamos comendo o que o Olegário havia nos dado e olhávamos as estrelas...

Puxa! como é bonito... estar acampado ali, no meio do mato... olhando as estrelas...

— Vou fazer o chimarrão — falou Alice.

Soquei um pouco de erva mate verde na cabacinha e Alice deitou a água fervendo. Agitei um pouco a mistura com a bombilha.[2]

A noite estava esfriando, mas o chimarrão quente nos esquentou também. Ficamos ali um tempo. Os acontecimentos do dia haviam nos deixado muito cansados.

---

1 Nota do Org.: mesmo que rincões, regiões, terras.

2 Nota do Org.: canudo de metal ou de madeira usado para sugar o mate da cuia de chimarrão.

E logo estávamos dormindo sob aquele céu coalhado de estrelas.

Dormindo a sono solto.

Talvez até sonhando.

E foi o relincho do cavalo que nos salvou a vida.

Estava dormindo quando ouvi, bem perto, o barulho das patas do cavalo e então o relincho.

Acordei.

Como uma estranha fosforescência na noite, uma crista azul estava erguida na nossa frente.

— Alice, cuidado... — tive tempo de gritar.

Minha irmã acordou, e viu aquela *coisa* mudando de cor a toda hora. E se um raio nos atingisse, seríamos transformados em poeira atômica...

Corri para a minha arma, apontei-a de qualquer maneira na direção daquela cor luminescente e atirei.

O resultado parecia fogo de artifício.

De repente, a noite ficou mais clara.

Olhei para Alice, ainda com a mão tremendo, por causa do susto que levara.

— Puxa! Se não fosse o cavalo relinchar... foi ele quem salvou nossa vida — falei, apontando o garanhão.

E assim, a partir daquela noite, resolvemos dormir por turnos.

Na manhã seguinte, depois de uma noite mal dormida, mas que deu para um bom descanso, recolhemos a cavalhada no pasto e nos preparamos para mais um dia de caça ao *coisa*.

Tomamos um chimarrão bem quente, comemos uns pãezinhos de arroz e daqui a pouco estávamos de novo montados nos cavalos.

À nossa frente, como um mar de trigo dourado, os pampas se abriam, misteriosos, com uma ameaça atrás de cada mato.

Mas, era bonito. Eu tinha de confessar que era muito bonito.

Capítulo VI

NO QUE DÁ FACILITAR — UMA VOLTA PERIGOSA — SOZINHOS E NO DESCONHECIDO

Aquele era um dia perfeito para andar a cavalo naquela planície dourada. A madrinha ia na frente, fazendo soar os seus guizos. A cavalhada vinha atrás, acompanhando, obediente.

— E pensar que daqui a pouco tudo isto estará cortado de rodovias, com automóveis passando à máxima velocidade permitida, empestando tudo com os seus gases mortíferos...

— Às vezes eu penso que os automóveis são mais perigosos mesmo do que esse *coisa*... Você vê: eles estão soltando tanta poluição que brevemente não poderemos mais respirar sem ficarmos doentes...

— E pensar que tudo antes era assim, o ar ouro, as pessoas andavam a cavalo, não havia pressa nem problemas de medo, como se tem hoje...

— Isso, se a gente não acabar com o tal *coisa*. Você sabe, esses nossos rifles ou o que quer que eles sejam têm uma carga limitada... depois temos de voltar à nave para recarregar... Olha o nível da bateria aqui... — e apontei um mostrador para Alice...

— E se o nível acabar antes da gente ter sequer voltado...

— Bem... não podemos deixar isso acontecer. Quando a gente notar que o nível começa a cair, ainda teremos alguns tiros... aí, a gente volta logo para o perfurador...

— Eu bem que gostaria de dar uma volta nele... — falou ela.

— Claro. Assim que voltarmos para lá vou pedir ao Olegário que nos leve para um passeio...

Nesse momento, chegamos num lugar arrasadoramente belo, Ali, os pampas dourados davam lugar a uma lagoa azul, calma, remansosa.

— Puxa! Como é bonito, aqui... — falou Alice.

— Demais. Vamos dar um mergulho, tá legal? — convidei minha irmã.

— Mas, e o *coisa*?

— Bem, um de nós fica de guarda enquanto o outro nada...

— Está bem...

— Fico de guarda primeiro — falei.

E fomos a galope em direção àquela água deliciosa.

Alice chegou, desmontou do cavalo de um pulo, igual no cinema, e em um minuto estava dentro d'água, os cabelos parecendo uma Iemanjá.

Eu fiquei ohando com cuidado aquelas touceiras, pronto para qualquer surpresa.

Alice nadou, nadou, mergulhou, brincou.

— Como é! — berrei. — já está na minha vez...

— Só mais um minutinho... Dico.

— Nem meio. Venha logo que estou louco para dar um mergulho.

— Um minutinho...

— Se você não vier logo, eu te transformo em poeira de átomo com o meu raio positron...

E ela saiu espadanando água, me jogando mãos cheias, brincando comigo.

Deixei o fuzil no chão e saí correndo para a lagoa. Puxa! Que água deliciosa! A temperatura perfeita, a água limpa, limpa.

Os cavalos vinham beber e ficavam por ali, pastando.

Depois de nadar uma quantidade, de matar a minha saudade, voltei para a margem.

— Temos de ir caçar os tais *coisas*... — falou minha irmã. — não podemos ficar aqui o dia inteiro...

— Puxa! Como eu tenho saudades de um bom surfe — falei.

Peguei o cavalo, coloquei o fuzil à bandoleira e me preparei para montar.

— Vamos atrás deles. Aqui parece que não tem mesmo nenhum.

Nisso o cavalo estremeceu.

Para que eu fui falar, né?

Pelo jeito do cavalo esquipar,[3] senti que havia alguma coisa nas minhas costas.

Virei-me rapidamente.

E lá estava uma daquelas cristas mortais, a luz mudando, mudando sem parar, sem pensar.

Tirei o fuzil e descarreguei-o contra o *coisa*. Foi um tiro certeiro que o reduziu a pó.

— Puxa! Qua... — mas, antes que eu pudesse terminar de falar, ouvi um berro de Alice.

— Ei, Dico... ali tem outro!...

E ela disparou.

Nos olhamos, arregaladamente.

3 Nota do Org.: mesmo que marchar, correr de forma ligeira.

Aquele ali não os ameaçaria mais.

De repente, vimos mais um e mais um e mais e mais!

— Alice... — falei, balbuciando. — estamos cercados...

— Eles aproveitaram que a gente estava tomando banho e nos cercaram...

— Muito inteligente... — falou minha irmã.

— Temos de lutar...

E, unindo a palavra à ação, comecei a atirar quase que a torto e a direito.

Alice também.

A gente explodia aqueles *coisas* um atrás do outro. Mas, eles pareciam brotar do chão.

A nossa chance é que eles demoravam muito para atirar e, enquanto isso, podíamos dar cabo dos que já estavam se aproximando do momento de disparar seus raios mortais.

Mas, eles eram muitos.

— Temos de nos esconder! — falou Alice.

— Como? Isto aqui é tudo plano!

— Vamos rolar para trás dos cavalos... — falou ela. — Depois, talvez a gente possa mergulhar e sair do outro lado...

— Mas... e os fuzis? — perguntei, enquanto atirava e explodia mais um daqueles monstros.

— Olhe, Dico... eles estão se reproduzindo muito, muito rapidamente...

De repente, um raio alaranjado atingiu o cavalo em frente...

Puxa! Foi igual da vez anterior: o cavalo pareceu atingido por um feixe de raios X. A gente podia ver seu esqueleto, como uma fotografia em negativo.

E depois, ele desapareceu.

— Corra, Dico... vamos ver se a gente consegue escapar... — falou Alice correndo.

Mas, eu sabia que aquele monstro ia demorar a mudar de cor novamente. Virei-me e o destruí com um jato de raios positrônicos.

Mas, antes que eu pudesse fazer qualquer coisa, senti um coice me jogar no chão. De qualquer maneira eu não havia sido rápido demais e um daqueles terríveis raios alaranjados me acertara de raspão.

Felizmente, eu ainda respirava.

Capítulo VII

VOU E VOLTO — UMA TENTATIVA PRA LÁ DE DESESPERADA — A FÚRIA DOS *COISAS* — CONTATO!

Eu estava estatelado no chão.

Podia ver o *coisa* mudando de cor novamente. Mas Alice foi mais rápida. Com um tiro certeiro, destruiu aquele pesadelo.

— Vamos, Dico... — falou ela, ajoelhando-se onde eu havia caído.

— Sim... mas... para onde?

— Temos de tentar sair pelo lago, mergulhando. Talvez assim possamos escapar... eu sinto que um monte deles se avizinham...

— Temos de ficar alertas... o melhor é corrermos daqui até a beira. E depois, mergulharmos n'água de qualquer jeito...

Na falta de um plano melhor, adotamos aquela ideia.

Tínhamos de nos preparar para sair correndo e então desaparecer nas águas azuis da lagoa.

— Já... — falou Alice, correndo como um cabrito no meio da vegetação.

Mas na sua frente, súbita, uma crista se elevou, derrubando-a no chão.

Com medo de atingir minha irmã, eu via aquele monstro mudando de cor.

— Role para o lado... role... — gritava eu.

Alice parecia transida[4] de medo.

O monstro se aproximava de sua cor mortal.

Não podia mais hesitar.

Saí correndo e joguei Alice para o lado.

E, como que dando uma cambalhota, apertei o gatilho, sem mirar.

E foi no alvo.

O *coisa* empreteceu e depois sumiu, com um som de *fiiuuuummmmm*...

Alice estava de pé. Saímos correndo em disparada para a lagoa.

Os cavalos estavam em pânico, a madrinha parecia andar em círculos.

Uma outra crista apareceu e antes que a gente conseguisse chegar no lago, matou um dos cavalos. Era um verdadeiro inferno. Ajoelhei-me e disparei. O *coisa* explodiu.

Alice, ao meu lado, também sustentava o fogo.

Agora, eles apareciam aos pares. Tínhamos de disparar continuamente. E não havia como nos proteger.

— É o ataque final deles, Dico... se concentraram aqui para nos atacar, como um exército... — falou Alice.

— Temos de escapar, temos de fugir daqui de qualquer maneira.

Mas o inimigo não estava disposto a nos dar tréguas. Vinham em ondas, um, dois, três. Eu e Alice, ajoelhados um ao lado do outro, atirávamos sem parar.

---

4 Nota do Org.: paralisada, tomada pela emoção.

Eu não sei quantos *coisas* eu destruí.

Mas, pouco a pouco, eles foram diminuindo.

— Vamos para a lagoa, Alice... — berrei.

— Está bem... — falou ela, se precipitando até a água.

Eu achava que os *coisas*, pelo menos os *coisas* da redondeza, estavam no final, tantos nós havíamos destruído.

Mas, no momento em que Alice saiu correndo, mais uma daquelas sinistras cristas, aparecendo como vindo do nada, começou a sua maníaca dança de mudar de cores.

Apontei a espingarda em sua direção e apertei o gatilho, como fizera inúmeras vezes.

Mas só que dessa vez nada aconteceu.

Olhei para o nível de carga dos raios positrônicos.

A arma estava vazia.

— Cuidado, Alice... — berrei. — a carga do meu fuzil acabou...

E, com a raiva, joguei a arma naquela montanha de cores. Tudo se dissolveu num segundo!

Mas, Alice ouviu meu berro.

Eu já ia correndo atrás dela, quando só ouvi o *zzzzzzzzz* da arma positrônica e a crista desaparecer.

— Mas... era a minha última carga... — berrou ela. — Agora, temos de nos esconder.

E mergulhou na lagoa.

Correndo feito um louco, fui atrás dela.

E pouco depois estávamos nadando debaixo daquela água clara, furiosamente.

Tínhamos de tentar alcançar o perfurador.

E fazer isso bem escondidos, sem que os *coisas* nos percebessem.

Era a nossa única chance de escapar dali.

A água fria me dava novo ânimo. Nadando ao lado de Alice, silenciosamente, eu não queria nem imaginar o que estaria acontecendo com os *coisas*.

Nadamos debaixo d'água até quando o pulmão aguentou. Depois, lentamente, eu arrisquei uma olhada.

A azul superfície da lagoa ia até quase o horizonte. Estávamos bem no meio. Não havia sinal dos monstros.

Alice apareceu do meu lado, nadando suavemente.

— Puxa! — falou ela. — acho que dessa escapamos...

— Mas, como vamos chegar até o perfurador? Vai ser uma coisa muito difícil, sem os fuzis positrônicos...

— A gente vê — falou ela, entre uma braçada e outra.

— Qual é, no fim mesmo, a desse tal de *coisa*? — falei.

— Por que é que destrói tudo?

— Você viu, Alice, como eles se organizaram contra a gente?

— Quer dizer: eles têm inteligência...

— É mesmo um bicho do fundo da Terra... — falei. — Ninguém entende...

Chegamos à outra margem do lago.

Alice saiu, me deu a mão e, pouco depois, sem estabelecer nenhum plano, fomos para o perfurador.

— Esses bichos são estranhos... — falava. — porque não pertencem a nenhum reino, nem ao reino vegetal, nem mineral nem animal... Eu sinto como se fosse uma estranha energia, mas uma energia, de qualquer maneira. Acho que, usando os meus poderes extra-sensoriais, poderia tentar entrar em contato com eles...

— Espero que você nunca tenha a oportunidade disso... — respondi. — Se um *coisa* nos aparecer, estamos fritos...

— Viramos pó atômico...

— Ele nos transforma em éter...

— Puxa! temos mesmo de tomar cuidado...

E com aquela conversa maluca, como que para afastar o maléfico *coisa*, nós passávamos pelos trigais e pelos rios, em direção ao perfurador.

Tudo ia bem.

Até que apareceu aquele, já perto do perfurador.

Capítulo VIII

UMA LUTA SEM QUARTEL — POR UM MOMENTO, POR UMA FRAÇÃO DE SEGUNDO...

Já estávamos chegando, o perfurador era visível. E de repente, aparece aquele *coisa*, verde, na nossa frente.

— Vamos correr... — falei para Alice, vendo aquilo crescer na nossa frente.

— Não vai dar tempo... — falou ela.

— Mas é a única coisa que podemos tentar... — falei, dando o pinote.

Alice veio, rápida, atrás de mim.

Ia dar.

Eu podia ver aquela crista mudando de cor.

Mas, ainda mudava lento.

Essa era a nossa única vantagem com aqueles *coisas*.

Eu, que ia na frente, dei um mergulho e caí bem detrás do perfurador.

A crista já estava vermelho-púrpura. De repente, vi Alice parar.

Ela parou ali, bem quase em frente da linha de tiro do *coisa*, perto do perfurador.

— Alice... pule... — eu gritei.

Mas, ela parecia assim parada, petrificada.

A crista começou a vibrar. Sinal certo de um jato de raios mortais a caminho.

E minha irmã ali, parada, na linha de tiro do *coisa*, sem se mexer. Não dava tempo para mais nada. Arregalei os olhos e, por uma fração de segundo, por um momento, aquela crista parou de oscilar e ficou assim, meio parada, como uma geleia!...

De vermelho passou para verde! Diminuiu!

Alice, de repente, pareceu acordar. Deu um pulo até onde eu estava e falou:

— Vamos entrar logo... corremos muito perigo...

— Não precisava dizer duas vezes...

Um minuto depois, estávamos dentro do perfurador.

E foi bem a tempo.

A crista voltou novamente àquele vermelho de ódio e disparou um raio. Felizmente, estávamos protegidos.

— O que aconteceu? — perguntei a Alice, quando estávamos lá dentro.

— Eu... eu entrei em contato com aquilo... — falou ela, ainda meio com medo.

— Mas... e então? O que aconteceu?

— Bem, eu entendi mais ou menos a natureza dos *coisas*... não são propriamente vida... são apenas como uns filtros, umas máquinas, sem propósito a não ser destruir...

— E por que você... por que ele não te atacou? — perguntei.

— Acho que foi bem no instante que eu entrei em contato com ele. Por um instante, o *coisa* ficou desarmado, sem entender...

— Mas agora ele está lá fora, cheio de vida — falei, apontando o monstro, que parecia se consumir nos raios que ficava enviando à nave.

"Então foi isso que aconteceu!", pensei. Na hora que Alice parou, a crista ao invés de atirar desativou sua carga e isso deu tempo à minha irmã de se colocar a salvo!

Tomamos uns rifles que estavam na nave e começamos a atirar.

— O que você sentiu enquanto entrou em contato com o *coisa*? — perguntei.

— Eles não têm assim nenhum pensamento próprio... são apenas coisas que funcionam...

— Mas, como pode ser o fato deles agirem coordenadamente, como se tivessem um plano? — perguntei.

— Você imagina a lógica de um ser que não é nem *vivo* — falou minha irmã. — Eu acho que eles têm assim uma disciplina cega. Não existe o fim. Eles fazem isso: destruir vidas... então, eles se juntam, se separam, fazem qualquer coisa para cumprir essa função... e eles têm muita disciplina... na realidade é tudo isso o que eles têm: disciplina. O resto é morto, frio, mineral...

— É, mas com essa disciplina, essa capacidade de se organizarem, eles se tornaram um inimigo formidável para nós...

Os *coisas* agora estavam em grupo e marchavam em nossa direção.

Começamos a atirar, sem descanso.

Um por um, eles iam sucumbindo aos tiros mortais da arma de raios positrônicos. E iam brotando do chão, novamente, quase sem parar.

— Ainda bem que esta carcaça está aguentando... — falava eu, batendo na couraça do perfurador.

Era estranha aquela nave de viajar pelo centro da Terra. Parecia exatamente como uma mola. Ia penetrando pelo chão, como uma broca.

— Se ao menos eu soubesse como isso funciona... — falou Alice, apontando o perfurador.

— Poderíamos sair num outro lugar e nos livrar desses monstros...

— É como o Olegário falou, eles estão se reproduzindo muito rápido aqui na superfície... é muito difícil para a gente mantê-los sob controle, mesmo daqui de dentro.

Nesse momento, o perfurador foi atingido por mais um jato de raios alaranjados.

Fiz a mira cuidadosamente e explodi aquele *coisa*.

Uma hora, eles começaram a diminuir.

Aproveitamos aquele descanso para comer e verificar a carga dos rifles.

Não tínhamos muita carga. Não tínhamos porque os *coisas* estavam aparecendo em tal profusão que precisaríamos de mais, muito mais energia positrônica para acabar com eles.

— Temos de ter um plano — falei. — a carga de energia não é suficiente...

— Só mesmo se a gente conseguir manejar o perfurador fora daqui...

Mas, nesse momento, fomos novamente abalados por uma descarga de raios.

Os *coisas* começavam a atirar de novo, tão logo chegavam naquela cor púrpura maravilhosa.

Corremos para as vigias e começamos a atirar de volta.

Nesse momento, Alice deu um berro.

Num canto do lado direito, lutando bravamente, Olegário tentava atingir a nave e se livrar daquela bateria de raios mortais descarregada pelos *coisas* enfurecidos.

Capítulo IX

UMA EMPREITADA ARRISCADA E SUAS CONSEQUÊNCIAS — ALGUMAS FRASES TAIS COMO "LUTAREMOS ATÉ O ÚLTIMO HOMEM..."

— Temos de protegê-lo... — gritou Alice.

Começamos a descarregar nossas armas, uma trás da outra, nos *coisas*.

Era uma batalha sensacional.

Tínhamos de agir rapidamente.

Eu atirava dois fuzis de uma só vez.

Finalmente, consegui uma espécie de um claro.

Olegário aproveitou aquele momento e saiu correndo em direção à nave.

E eu, em disparada, para abrir a portinhola.

Mas, antes que eu chegasse lá, quando ele estava no meio da corrida, um daqueles *coisas* disparou.

Alice também havia disparado, só que com um tempo, uma fração de segundo atrasada.

Olegário pulou para o lado, mas o raio atingiu a terra perto dele e o derrubou.

E ele ficou ali, caído, sem se mover.

Eu tinha de ir buscá-lo.

Abri a portinhola e me atirei para fora.

Alice, da cabine, atirava sem cessar.

E foi naquele instante, que eu havia deixado a portinhola aberta, um raio alaranjado atingiu a nave de cheio. Depois outro. Depois outro. Um inferno.

Me abaixei sobre o corpo do Olegário, no meio daquela confusão.

Alice ainda tentava atirar, mas era o caos.

Tomei a espingarda do homem do fundo da Terra e, me virando para aquelas cristas mortais, saí atirando.

Foi quando olhei para a nave.

Parecia uma mola retorcida, as defesas avariadas!

Tomei o Olegário, que ainda respirava, pelo braço e levei-o para bordo.

Lá dentro estava uma imensa confusão.

Mas, Alice não parava de atirar.

Fiz-lhe companhia e pouco depois o Olegário veio se juntar a nós.

Era uma grande batalha.

No campo adversário, os *coisas* cresciam sem parar. No nosso lado, atirávamos o tanto que podíamos.

— Não podemos deixar que eles nos atinjam... — falou o Olegário. — as defesas da nave estão avariadas... nossa armadura foi destruída...

Mas, não havia mesmo nem tempo para conversar.

Um a um, aqueles monstros nasciam da terra e nós os destruíamos e eles continuavam a nascer e nós a destruí-los e era uma coisa sem fim e que no fim só eles é que pareciam levar vantagem.

— Eles estão se preparando para o ataque final... — disse o homem do fundo da Terra.

— E o pior é que as cargas dos fuzis chegam ao final... — falei.

— Se pudéssemos sair daqui... — falou Alice.

— É impossível — respondeu ele. — o veículo foi praticamente destruído pela carga de raios alaranjados... veja o painel... parece que somente o gerador elétrico não foi atingido...perdemos toda a maquinaria, a armadura, tudo...

— Bem... — falei. — não interessa... Lá vêm os nossos amigos de novo.

E daquela vez o ataque era feroz. Dezenas de *coisas* se juntavam uns aos outros, aumentando de tamanho. Às vezes, mesmo com aquela arma fantástica, tínhamos de dar dois tiros seguidos para acabar com eles.

— Eu nunca vi os *coisas* fazerem isso antes... — falou o Olegário. — a vida na superfície mudou muito o comportamento deles...

E agora, aquele inimigo formidável assumia uma feição muito mais assustadora.

Juntavam-se uns aos outros, como imensa montanha, e só à custa de um ataque cerrado, conseguíamos evitar que eles nos destruíssem.

— Temos de aguentar... — falou Alice.

— Pelo menos até a chegada dos reforços... — falei.

— Talvez, se soltássemos os cavalos, poderíamos desviar a atenção do inimigo... — propôs o Olegário.

Nesse momento eu vi, sobre seu ombro, uma sombra imensa.

Não fui suficientemente rápido.

Um facho de energia pura, escarlate, ricocheteando, veio bater em cheio no Olegário.

Num segundo o nosso amigo desapareceu, transformado em pó, na nossa frente.

Fiquei estatelado, sem entender direito o que acontecera, apenas um *bzzzzzzzzzz* na minha cabeça.

Todavia, um pensamento me atingiu: o *coisa* vai atacar de novo.

Reuni todas as minhas forças e, num trabalho difícil, abri os olhos.

Sem mirar, saí atirando, atirando.

A nave era um verdadeiro inferno de metal retorcido.

— Esconda-se, Dico... — falou minha irmã.

— Não adianta nos escondermos... a nave está sem sua proteção... o que temos de fazer é tentar acabar com eles à medida que apareçam, até chegarem os reforços.

— Eu não acho que a gente vai conseguir... — falou minha irmã.

— Mas temos de tentar... — berrei.

E saí atirando.

Dei uma volta pelo perfurador. Recolhi mais uns dois fuzis e me sentei na cadeira de comando.

— Venham... venham... — dizia para aquelas montanhas de cores mortais. — venham... vamos morrer lutando... de qualquer jeito... mesmo que vocês não tenham consciência de que estão me destruindo...

Alice veio e se sentou ao meu lado.

Era como o momento de paz, antes da tragédia.

Como aquela hora em que o mar ficara espelhado, calmo, e depois virara um turbilhão de violência.

Desse mesmo jeito, agora estava calmo.

A gente podia ver, ou melhor, sentir que os *coisas* estavam se organizando. Que estavam preparando um grande ataque. E pelas nossas forças, um ataque difícil de ser resistido.

Subitamente, começaram de novo.

Sem esperar qualquer combinação, começamos a atirar.

O cano das armas esquentava nas nossas mãos.

Os *coisas* atacavam, quase sem parar. Se sofrêssemos uma carga, se fôssemos atingidos por um raio alaranjado, estaríamos perdidos.

Não havia o que fazer: era lutar.

E lutamos e lutamos.

E os *coisas* pareciam não ter fim.

Um a um, os fuzis foram gastando suas cargas.

E o assédio infernal não chegava ao seu fim.

Capítulo X

BOA MEMÓRIA: NOTA DEZ — ONDE ALGUMAS COISAS, NEM TODAS, SE EXPLICAM

Mas, os *coisas* foram diminuindo de tamanho novamente.

Disparamos as últimas cargas e por um segundo eles desapareceram completamente.

Joguei o fuzil inútil no chão. O mesmo fez Alice.

— Estamos perdidos... Nada agora poderá nos salvar. O ataque é iminente...

Naquele instante, formando-se bem na frente da espaçonave, eu vi o *coisa* mais gigantesco que eu havia visto até agora.

Aquela massa gelatinosa começou a se erguer com dificuldades, em nossa frente.

Em desespero, peguei o fuzil vazio e o atirei contra aquele monstro dos monstros.

A massa começava a crescer.

— Olhe, Dico... a aura está mudando de cor... Quando chegar ao vermelho-púrpura, vai nos atacar... e não conseguiremos resistir à sua carga de raios ultramortais!

— Que loucura... e a gente neste perfurador inútil... — falei.

— Olhe... está mudando de cor... azul, laranja...

— Mas, Alice, por que o Olegário naquela primeira vez não foi destruído? — perguntei.

— Porque ele estava protegido por um campo magnético, que criava um escudo em sua volta...

— Campo magnético? — falei.

— Já começou a ficar vermelho, Dico... está quase púrpura... Meu Deus! morrer assim... Temos de fazer alguma coisa, sair do esqueleto desta maldita... dessa maldita... mola retorcida... — falava Alice.

Olhei para a carcaça do perfurador. Realmente, parecia uma mola retorcida.

De repente, tive uma ideia.

— Tem de funcionar... — berrei.

— O quê? — gritou Alice, sem entender.

Não respondi. Apertei o botão que ligava os geradores, ali no painel. Um pequeno barulho começou a sacudir o banco onde estávamos sentados.

Mil faíscas saíam do comando geral.

— Aperte esse botão! — gritei para Alice. — Não deixe ele desligar, de jeito nenhum...

Ela obedeceu, sem entender.

Dei um mergulho por baixo do assento. Na minha frente, quase encostado nos meus olhos, podia ver a monstruosa crista vermelha, sangrenta como a de um galo de briga.

No chão da nave, ativado pelo gerador, um cabo soltava faíscas elétricas.

Sem pensar mais nada, liguei-o ao casco de metal da nave.

Nesse momento o vermelho chegou ao rubro.

Vi de repente o raio da morte sair como uma faísca daquela criatura do demônio...

E bater contra a nave e ricochetear, perdendo-se no espaço.

Eu olhei para Alice, o coração pulando, querendo sair pela boca.

— Puxa! Como você conseguiu criar uma armadura em torno da nave? — Alice tremia, ao me fazer a pergunta.

— Solenoide... — eu respondi.

— Sole o quê? — repetiu ela.

Mas, não tivemos mais tempo para nenhum papo.

O *coisa* atacou de novo.

Mas, a armadura que eu havia criado resistia.

E nesse momento, tive uma doce visão: saindo de dentro da terra, dezenas de perfuradores começaram a atacar os *coisas*.

— Olhe, Dico... os reforços chegaram... — gritava Alice.

Estávamos salvos.

* * *

Em pouco tempo, os homens do centro da Terra destruíram o que restava dos *coisas*.

Quando tudo acabou, saímos daquela carcaça.

E eles nos olharam surpresos.

— Mas... que fantástico! — falou um deles! — Como conseguiram escapar com vida?

— É verdade, Dico... Como é que você conseguiu construir aquela barreira? — perguntou Alice.

— Você se lembra — falei. — quando a gente estava tentando dar uma ordem na confusão do laboratório do *Fuwalda*?

— Claro — ela me respondeu.

— E você não se lembra que achou um instrumento que parecia uma mola e que parece muito com a carcaça do perfurador? — falei.

— Sim... é verdade... — respondeu ela. — mas não entendo...

— Bem, se você tivesse boa memória, se lembraria que, se você passar uma corrente elétrica por um condutor assim como uma mola, cria um campo magnético em volta...

— Campo magnético! — repetiu ela, se lembrando.

— Foi por isso que eu liguei o gerador. Ligando o cabo, criei uma corrente que atravessou a carcaça e criou um campo magnético em nossa volta... e assim, uma armadura contra os raios do tal *coisa*!

— Solenoide... — repetiu Alice.

— Pois é... — falei.

— Bem... — falou um dos homens do centro da Terra. — nossa missão está cumprida... vamos retornar para nossa civilização...

— Está bem... — falamos. — Adeus...

— E você não tem medo de nós revelarmos o seu segredo? — falou Alice.

— Ora... — riu ele. — vocês podem falar à vontade — e, entrando no perfurador: — Quem é que vai acreditar?

— E a barreira? — perguntei.

— Já está desligada. Breve as pessoas vão poder voltar para esta área novamente. Mas, não vão saber de nada. É como se nada tivesse acontecido...

— Adeus...

* * *

E foi como ele falou.

No outro dia começaram a aparecer uns bois. Depois, uns gaúchos, a cavalo, sempre com a bombilha e chimarrão, mesmo montados!

Uma semana depois, estávamos no Rio.

Entramos em contato com papai, que estava feliz por nos ver sãos e salvos.

O *Fuwalda* havia escapado ileso do temporal e eles haviam passado dias e dias pesquisando o local.

Mas, essas aventuras em que a gente vive se metendo têm um lado em que eu não havia pensado ainda.

Vejam o papai; ele já se acostumou tanto com o fato da gente viver uma vida como essa, fantástica, que quando eu perguntei se ele havia se preocupado muito, quando desaparecemos varridos pela onda do convés do *Fuwalda*, ele respondeu:

— Claro que não! Afinal, vocês parecem ter fôlego de sete gatos juntos! Eu já me acostumei.

Não é genial esse pai?! A gente na maior batalha para livrar a humanidade dos tais *coisas*, passando um tempão fora, varridos por um vagalhão do tombadilho, e ele diz que não estava preocupado.

— Olhe que um dia a gente vai e não volta! — falei.

— Duvido! — respondeu ele.

E eu pensei cá comigo: "É, mas dessa vez esteve bem próximo."

Mas não falei nada para ele não se assustar.

Senão, ele começa a dizer "não pode", "não pode" pra tudo e, aí sim, adeus aventuras.

*

*   *

Posfácio[1]

Leonardo Nahoum

> Leonardo,
>
> Já estou próximo (em dezembro) dos 75. Vários problemas de saúde têm exigido minha atenção, mas até agora minha esgrima tem levado a melhor, embora seja um duelo de final conhecido.
>
> Minha memória, que nunca foi boa, está me traindo mais do que as imperatrizes de Bizâncio. Não me lembrava de quase nada do que você recolheu. Fiquei muito emocionado. Pude ver que há uma coerência entre as minhas lutas atuais e aquelas do começo. A diferença é que agora o foco me parece mais preciso: o inimigo é o fanatismo. E o objetivo é diminuir o sofrimento desnecessário. O lema é não acreditar muito no que se acredita. (FIGUEIREDO, 2018)

As palavras acima, de um autor agora se aproximando dos 80 anos, fazem parte de um *e-mail* de 2018 no qual nos apoiávamos em nossas solidões relativas: eu, pesquisador terminando a redação de uma tese; ele, escritor que via resgatados alguns de seus originais dos anos 1970. *Dico e Alice a cavalo nos pampas*, que você, leitor, tem em mãos, quase foi publicado graças a uma campanha de financiamento, em 2017, mas o destino quis que

1 Trechos deste posfácio aproveitam partes da tese de doutorado *Mister Olho: de olhos abertos... ou será que não? Uma análise crítica da coleção infantojuvenil Mister Olho e de seus autores à luz (ou sombra...) da ditadura militar* (2019), que aparecem no volume *Livros de bolso infantis em plena ditadura militar* (2022, AVEC Editora).

o livro esperasse mais um pouquinho; acompanha agora, enfim, a publicação do trabalho de nossa autoria que jogou luz sobre a Coleção *Mister Olho*, na série *Dico e Alice*, e sobre a voz de seu autor Carlos Figueiredo. Com alguma sorte, os demais inéditos que descobrimos serão publicados, nos próximos meses e anos, ampliando nosso olhar e entendimento sobre a produção infantojuvenil brasileira em meio à ditadura.

Carlos Figueiredo e a série *Dico e Alice*: aventuras fantásticas como disfarce para uma agenda *beatnik*

Filho de funcionário público, Carlos Figueiredo (depois do nascimento em São Luiz e alguns anos em Teresina) vive a maior parte de sua infância e juventude em Belo Horizonte e Brasília, antes de se mudar para o Rio de Janeiro em 1964 (ano do golpe militar), acompanhado de Claudio Galeano de Magalhães Linhares (na época, companheiro da ex-presidente do Brasil Dilma Roussef), por conta do clima de perseguição política que imperava. Atuando profissionalmente em agências de propaganda, ora como empregado, ora como sócio, Figueiredo se veria forçado a deixar o país, em 1971, depois de alguns militantes antirregime seus conhecidos serem presos. Em depoimento inédito, o autor esclarece o episódio e o autoexílio que se segue até a época em que escreve a série *Dico e Alice*.

> Em 1971, no Rio, colaborava com o militante José Roberto Gonçalves de Rezende, um amigo de ginásio em Belo Horizonte, na elaboração de um plano para sequestrar um ex-ministro do governo militar. Em uma festa na garagem da Rua Montenegro, onde então morava, depois de ter me separado da Célia, na comemoração do aniversário de minha então companheira, Dorinha, apresentei José Roberto a Zaqueu Bento, outro militante, que se conheciam até aquele momen-

to somente por codinomes. Algumas semanas depois Zaqueu foi preso, segundo um amigo comum, o cineasta Guaracy Rodrigues, em razão da delação da irmã de sua companheira, em um surto psicótico. Zaqueu, pelo que constava, tinha um encontro — um ponto, como se dizia então — numa livraria, com José Roberto, onde este "caiu", como se dizia. O fato é que José Roberto foi preso, o que foi determinante para a minha saída do Brasil.

Saí do Brasil por Foz do Iguaçu, indo então, pela Argentina, indo de trem, no ainda existente Transandino, para Santiago do Chile. (...) Em Santiago, fiquei um período na casa do músico Geraldo Vandré, que era casado com uma chilena chamada Bélgica. Minha ex-mulher, Célia Messias, veio ao meu encontro, com os proventos da venda de um automóvel de minha propriedade, o que nos permitiu viajar pela costa sul-americana do Pacífico, até Lima. Entramos pelo Amazonas, via Pucalpa, Iquitos, viajando pelo correspondente peruano do nosso Correio Aéreo Nacional, daí, de barco, até Letícia (na Venezuela), Benjamim Constant e Manaus, onde consegui com um primo, oficial da Aeronáutica, uma passagem pelo CAN para o Rio.

Moramos por um tempo no Rio, em Araruama, em uma casa de pescador, (...) mas havia um desencanto muito grande com o País e resolvemos ir para a Europa, o que fizemos, a bordo de um navio, indo para Lisboa.

Teve início aí um período de viagens que nos levou para a França, Inglaterra, Holanda, Alemanha e daí para a rota até a Índia. Permanecemos *on the road*, indo e vindo da Inglaterra para a Índia e o Nepal até 1974, quando nasceu a minha filha, Luar, com Patricia Furness, uma inglesa que conheci em Delhi, que veio para o Brasil comigo, com quem vivi por quase duas décadas (...) — e tivemos duas filhas. Fomos morar no Rio de Janeiro, no bairro de Santa Tereza. Foi nesse período que escrevi, por indicação do Noguchi, que fazia as capas da coleção *Mister Olho*, a série *Dico e Alice*. (FIGUEIREDO, 2014a, p. 1)

Carlos Figueiredo, a partir de 1977, deixa a literatura infantil e fantástica de lado, mas segue "fazendo a diferença" no cenário político brasileiro, trabalhando com Franco Montoro, importante figura do processo de redemocratização, tanto no senado quanto no governo de São Paulo. A carreira profissional de Figueiredo, a partir de então, ficaria definitivamente associada à consultoria na área de comunicação e *marketing* políticos, ainda que ao longo dos anos o autor tenha oferecido ao público algumas esparsas coletâneas de poemas (*Estranha Desordem*, 1983, Paz & Terra, e *Goliardos*, 1998, Bibla) e tenha se mantido ativo como idealizador de projetos de incentivo à leitura e à poesia.

E de que trata a série *Dico e Alice*, afinal? Publicada entre 1976 e 1977 pela Ediouro, seus 11 livros contam as aventuras dos irmãos gêmeos Dico (o narrador) e Alice, que viajam pelo Brasil e pelo mundo acompanhados do pai, biólogo marinho, e do marinheiro Prata, sempre a bordo do saveiro Fuwalda (homenagem ao navio dos pais de Tarzan). Rica em colorido local (Figueiredo esmera-se em incluir referências às diferentes culturas por onde se passam as histórias), o primeiro elemento fantástico que transparece no conceito da série é o da paranormalidade de Alice, dotada de poderes telepáticos e de extra percepção. Para efeito de registro (como já ressaltamos, a série jamais foi merecedora de estudo ou registro no âmbito da literatura acadêmica brasileira sobre o gênero fantástico ou infantil), seguem-se os títulos dos 11 volumes editados, bem como dos adicionais 10 manuscritos inéditos em poder da editora:

01 — Dico e Alice e o Último dos Atlantes (1976)

02 — Dico e Alice no Triângulo das Bahamas (1976)

03 — Dico e Alice — Arecibo chamando... (1976)

04 — Dico e Alice e os Fenícios do Piauí (1976)

05 — Dico e Alice e o Yeti do Himalaia (1976)

06 — Dico e Alice e a Ilha da Diaba (1977)

07 — Dico e Alice em Atacama, o Deserto da Morte (1977)
08 — Dico e Alice e o Cérebro de Pedra (1977)
09 — Dico e Alice e Talassa, a Ilha no Fundo do Mar (1977)
10 — Dico e Alice e o Pajé Misterioso (1977)
11 — Dico e Alice e a Armadilha no Tempo (1977)
12 — Dico e Alice a Cavalo nos Pampas (1976 — inédito)
13 — Dico e Alice e a Aventura no Beluchistão (1976 — inédito)
14 — Dico e Alice e Mãe Gangana, a Terrível (1976 — inédito)
15 — Dico e Alice e a Ecoexplosão (1976 — inédito)
16 — Dico e Alice e o Rei do Mundo (1977 — inédito)
17 — Dico e Alice e a Planta Maluca (1977 — inédito)
18 — Dico e Alice e a Floresta Petrificada (1977 — inédito)
19 — Dico e Alice e o Veleiro Negro (1977 — inédito)
20 — Dico e Alice e a Guerra de Nervos (1977 — inédito)
21 — Dico e Alice e a Viagem ao Futuro (1977 — inédito)

Sobre a série *Dico e Alice*, Figueiredo é categórico quanto a suas intenções ao tecer as tramas e situações fantásticas onde lança suas personagens. Mais especificamente, quanto à sua agenda dupla de combate à ditadura e ao *status quo* sociocultural.

> Aqui, lutávamos contra a ditadura e a caretice ao mesmo tempo. (...) Em *Dico e Alice* começo pela afirmação do andrógino. Dois irmãos gêmeos — foram criados assim por essa razão — tipo univitelinos, sobre os quais o narrador afirma que poderiam passar um pelo outro, o que de fato chega a acontecer, de verdade, em *No Triângulo das Bahamas*. Depois, a vivência por estados alterados de consciência, já presente no primeiro volume, quando os "fenícios", que queriam ir para as estrelas, na realidade terminam vivendo isso em sonho, em uma caverna, e a nossa dupla, ao invés de acordá-los, deixa-os ficarem assim, argumentando que a realidade sonhada é também uma realidade.

> Durante todo o tempo tentei falar de coisas sobre as quais não se falava, como a morte, como acontece no final de *No Triângulo das Bahamas*, quando Alice diz para o pai "O que de mais pode acontecer conosco se até morrer já morremos?". (...)
>
> Há em todo o trabalho uma visão *à la* Emília do Lobato, sobre a liberdade de pensamento, sobre a ideia que vai na linha contrária das outras. Em quase todos os aspectos — inclusive na questão ecológica, no direito dos diferentes — segui o que poderíamos chamar de uma "agenda *hippie*" ou "contracultural" ou "*beat*". (FIGUEIREDO, 2014b, p1)

Vale lembrar que, mesmo considerando-se apenas os 11 livros editados, trata-se da mais extensa série infantojuvenil brasileira de ficção científica de que se tem notícia. Com relação aos temas, como seria de se esperar, são numerosas as histórias envolvendo autocratas obcecados por dominar o mundo, sejam eles sobreviventes de Atlântida, computadores malignos, criaturas do centro da terra, alienígenas de outra dimensão ou os conhecidos "cientistas loucos" de costume. Mas a agenda libertária de Figueiredo, como já frisamos, não era apenas política, mas também (contra)cultural e sociológica. E estava atenta a questões que só muitos anos depois entrariam no cardápio temático da produção infantojuvenil do país: a defesa do meio ambiente e dos direitos dos animais (em *Aventura no Beluchistão*, os gêmeos presenciam uma sangrenta tourada espanhola, que condenam com veemência), os males da comida industrializada, os efeitos negativos da globalização e da cultura de massas, a séria questão indígena no Brasil e, finalmente, a ameaça representada pela censura e pelo autoritarismo.

Protestos contra a ditadura e a falta de liberdade de expressão, elogios a estilos de vida alternativos (medicina oriental, vegetarianismo e alimentação macrobiótica, ioga e meditação), denúncia ferrenha contra a destruição do meio ambiente e o aumento da poluição urbana, defesa incondicional da vida, cultura e valor dos povos indígenas, repúdio às guerras, armas e mesmo ao conceito de pátria... toda essa agenda Carlos Figueiredo conseguiu contrabandear para dentro das páginas dos onze livros de sua saga publicada pela Edições de Ouro.

Os dez livros que permaneceram inéditos não ficariam para trás: em *Dico e Alice a Cavalo nos Pampas* (que deveria ter sido o 12° episódio), o pai das crianças, biólogo marinho, é convidado a estudar o impacto ambiental do afundamento de um superpetroleiro no Estreito de Magalhães — avaliar o estrago causado à "fauna e a flora da região..." (FIGUEIREDO, 1976a, p. 16). A aventura de fundo eminentemente ecológico ganha outros contornos assim que surge uma ameaça vinda do fundo da Terra, bem como uma raça de índios que também vivem por lá, em um ambiente utópico onde "não há fome... não há guerra..." (FIGUEIREDO, 1976a, p. 34). Em *Dico e Alice e a aventura no Beluchistão* (13° episódio abortado), a família segue "tentando entender o efeito terrível da poluição nos oceanos" (FIGUEIREDO, 1976b, p. 8), mas sua viagem permite a inclusão de críticas às touradas e às guerras, bem como oferecer aos leitores uma complexa trama política na Ásia onde não faltam golpes, contragolpes, ataques e lutas por independência.

A narrativa inédita seguinte, *Dico e Alice e o Rei do Mundo* (Figura 1), outra envolvendo ameaças de ditadores totalitários (o tema, como veremos depois, aparece em muitos dos livros publicados da série), além de novamente citar o problema da poluição — o grupo sai do Rio, dessa vez, porque "a poluição estava muito forte" (FIGUEIREDO, 1976c, p. 6) —, traz outras pérolas de enfrentamento que, infelizmente, não chegaram aos leitores: a ideia de um super-herói *hippie*, "todo de branco, todo pacífico... [que só] ia dar flores" (FIGUEIREDO, 1976c, p. 6), segundo Dico, e a reflexão do rapaz ao final da história, quando refuta a ideia da irmã de aproveitar a máquina capturada do Rei do Mundo para eles mesmos reformarem o planeta conforme suas crenças (Dico questiona Alice sobre ela estar pensando em se tornar uma "Rainha do Mundo").

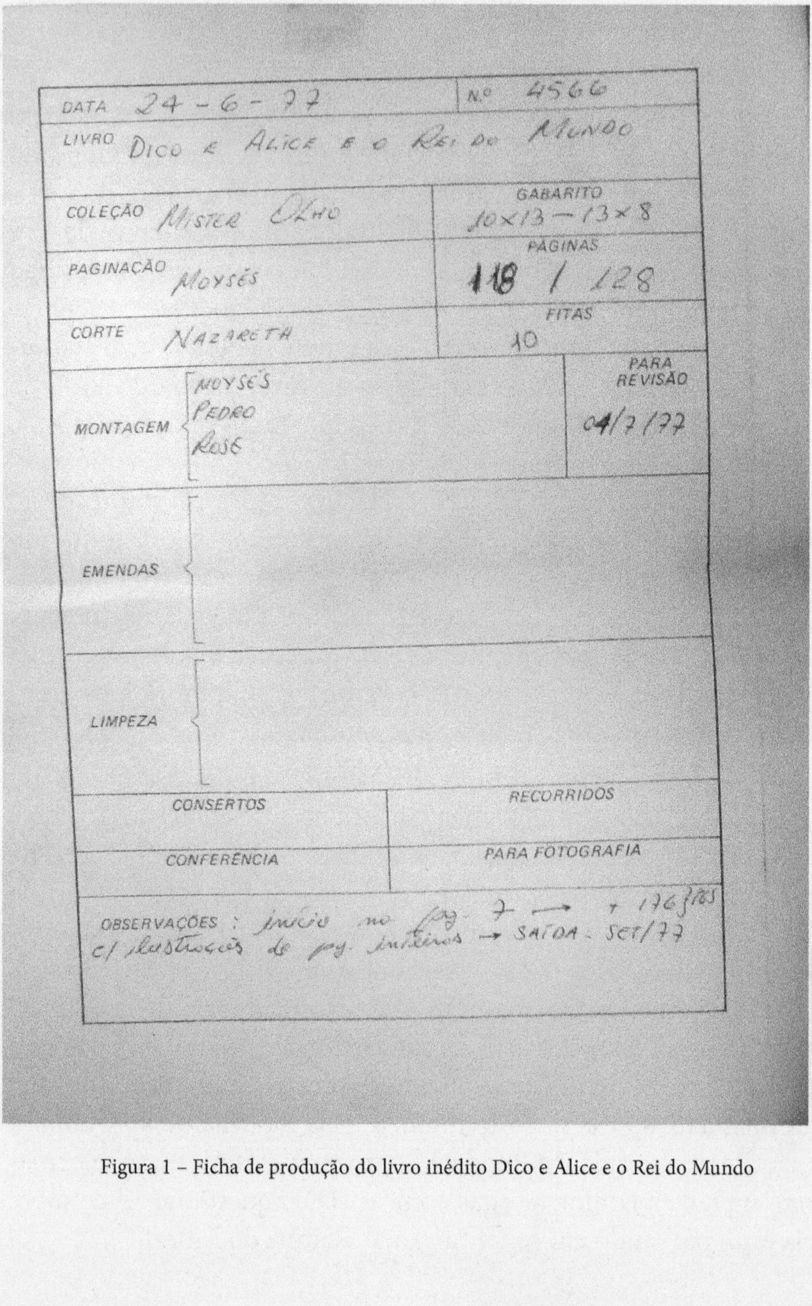

DATA 24-6-77 | N.º 4566

LIVRO Dico e Alice e o Rei do Mundo

COLEÇÃO Mister Olho | GABARITO 10×13 – 13×8

PAGINAÇÃO Moysés | PÁGINAS 118 / 128

CORTE Nazareth | FITAS 10

MONTAGEM Moysés, Pedro, Rose | PARA REVISÃO 04/7/77

EMENDAS

LIMPEZA

CONSERTOS | RECORRIDOS

CONFERÊNCIA | PARA FOTOGRAFIA

OBSERVAÇÕES: início na pág. 7 → + 176 págs
c/ ilustrações de pg. inteiras → SAÍDA - SET/77

Figura 1 – Ficha de produção do livro inédito Dico e Alice e o Rei do Mundo

> — Ora, Alice, todo tirano pensa assim, que está fazendo o bem... Quem sabe o que é bom para si é o povo... Liberdade, essa é a única maneira de resolver qualquer problema da humanidade. (FIGUEIREDO, 1976c, p. 50)

Em *Dico e Alice e a Planta Maluca* (percebe-se aqui influências do inglês John Wyndham e seu *O Dia das Trífides*, de 1951), outra prova da ousadia surpreendente de Carlos Figueiredo: no enredo fortemente voltado à denúncia ambiental, onde a destruição do ecossistema do Pantanal, os campos de pouso clandestinos para a prática de contrabando e a destruição causada pela mineração são as bolas da vez, o autor maranhense tem a coragem de citar de maneira elogiosa o filme *Jardim de Guerra*, do diretor Neville d'Almeida, logo depois de dizer que o saveiro Fuwalda (barco dos protagonistas) estava servindo, no começo da aventura, de locação para um filme de piratas do cineasta.

> O Fuwalda havia virado estrela de cinema!
>
> Tudo havia acontecido quando estávamos no Rio de Janeiro e o diretor de cinema Neville de Almeida, que havia feito o belíssimo filme *Jardim de Guerra*, viu o Fuwalda ancorado no porto da Praça Quinze. (FIGUEIREDO, 1976d, p. 9)

Jardim de Guerra é tido como o filme mais censurado de todo o cinema brasileiro, tendo sofrido nada menos que 48 cortes. Ao ser entrevistado pela revista eletrônica *Arte Capital*, Neville d'Almeida, famoso por películas consagradas como *A dama do lotação* (1975), *Rio Babilônia* (1982) e *Navalha na carne* (1997), relata que "quando [o filme] ficou pronto (...) é editado o tal do Ato Institucional nº 5 que cortava todos os direitos e liberdades civis. (...) O filme foi proibido, interditado e jamais exibido. Então eu lutei, mas não aconteceu" (ALMEIDA, 2012). Longe de ser uma história de piratas como a do fictício projeto incluído no datiloscrito inédito de *Dico e Alice*, *Jardim de Guerra* apresenta a história de Edson (Joel Barcelos), um jovem tomado pela amargura e pela falta de perspectivas que se apaixona por uma cineasta, sendo em seguida injustamente acusado de terrorismo por uma organização de direita que o toma prisioneiro e o submete a interrogações e a torturas. Para Pietra Fraga, que assina o texto da *Arte Capital*, trata-se de

> um filme ousado, provocatório e premonitório, abordando temas intocáveis como a floresta amazônica, drogas, política e feminismo. Inscrevendo-se num registro marginal, rompe com a proposta do Cinema Novo brasileiro, as linguagens vigentes (fazendo uso de slides, *posters* e fotografias fixas para jogar com a dinâmica do movimento cinematográfico) e as exigências da ditadura militar. (FRAGA, 2012)

Como se vê, Figueiredo queria seguir tocando esses mesmos temas intocáveis e que ainda permaneciam assim quase dez anos depois da produção (e proibição/inviabilização) de *Jardim de Guerra*. Suas referências avançadas a "essas ideias mesquinhas de pátria" (FIGUEIREDO, 1976e, p. 27) ou ao gasto com gasolina, no Brasil, ser maior que aquele "com comida e educação" (FIGUEIREDO, 1976e, p. 31) nunca foram mero matraquear sem base: sempre foram denúncias de alguém que seguia e segue comprometido com as capacidades da razão humana e do progresso tecnológico (daí, provavelmente, a escolha do gênero ficção científica na formatação de sua série infantojuvenil) para a superação dos desafios do mundo. Como diz Alice em *Dico e Alice e a Floresta Petrificada* (aquele que seria o livro 18; Figura 2), "não existe nada no mundo que não possa ser decifrado. A questão é a gente acreditar na inteligência..." (FIGUEIREDO, 1976e, p. 92).

Finalmente, pode-se procurar em vão, no *corpus* da *Mister Olho* ou mesmo no mais vasto universo da literatura infantoju-

Figura 2 – Pasta de originais do inédito Dico e Alice e a Floresta Petrificada

venil brasileira, por um paralelo ou análogo ao tratamento que Figueiredo dá à questão feminina e à da igualdade entre os gêneros nos livros de *Dico e Alice*. Em especial em *Dico e Alice e o Veleiro Negro*, o inédito datiloscrito 19, há um excelente exemplo disso, que infelizmente foi negado ao leitor...

> Usando toda a agilidade de que éramos capazes, pulamos do escaler para a escada do enorme veleiro.
>
> Isto é, eu pulei.
>
> Alice veio logo atrás de mim e lhe estendi a mão.
>
> *Minha irmã cada vez mais está entrando nessa de independência feminina. Acha que as mulheres são iguais aos homens. E, por isso, quer fazer tudo sozinha.*
>
> *Eu acho isso muito legal. Muito legal mesmo e dou a maior força para ela.* Mas, devo confessar que às vezes, minha irmã exagera.
>
> Como naquela hora que eu lhe estendi a mão.
>
> — Pode deixar que eu vou sozinha — ela falou. E pulou para a escada. (FIGUEIREDO, 1976f, p. 12. Grifo nosso.)

Muito mais do que entreter, ou incutir gosto pela leitura, Figueiredo procurava fazer de *Dico e Alice* oportunidades de tomada de consciência, de reflexão, de independência intelectual e de autogoverno. Como neste diálogo que fecha o já citado *Floresta Petrificada,* quando os gêmeos rechaçam o plano de uma entidade chamada de Vigilante, que tentava impedir o progresso tecnológico do ser humano porque "a história da humanidade é a história da opressão" (FIGUEIREDO, 1976e, p. 114):

> — Mas temos de seguir o nosso caminho... — eu falava. — Quem sabe de nós somos nós mesmos...
>
> — Mesmo que no fim tudo se perca e venha a ser destruído? Mesmo assim você acha que devemos seguir nossas próprias ideias?

Olhei para o céu, para a lua, que era tão diferente da Terra e disse:

— E existe outra maneira? (FIGUEIREDO, 1976e, p. 121-122)

* * *

Entre 1976 e 1977, a Ediouro imprimiu um total de estimados 94.000 exemplares (Figura 3) para os onze títulos, incluindo uma tiragem em formato Duplo em Pé para *Dico e Alice e a Armadilha no Tempo.* Os livros originalmente assinados com o pseudônimo José M. Lemos (Figueiredo não se recorda de ter tido qualquer ingerência ou participação na criação da alcunha) seriam reeditados, em 1985 (mais exatamente, a partir de dezembro de 1984), em nova edição com outro *design*, em formato Super Bolso, para um total de 36.000 cópias adicionais (essas já identificando Figueiredo como o autor), elevando a tiragem geral da série para 130.000 brochuras. De grande interesse é a prova de que, ao reeditar os livros originais dos anos 1970, a editora se deparou com o repositório dos nada menos que dez livros adicionais e fez planos para trazê-los a público, o que acabou não se concretizando. Nas páginas finais da reedição dos três últimos episódios (*Dico e Alice e Talassa, a Ilha no Fundo do Mar*, *Dico e Alice e o Pajé Misterioso* e *Dico e Alice e a Armadilha no Tempo*), um anúncio de página inteira (Figura 4) apresentava a série em todos os seus... vinte e um volumes!

Publicados originalmente com belíssimas e sugestivas capas de Noguchi (Figura 5) e ilustrações de Teixeira Mendes, todos os livros receberam indicação etária para crianças a partir de 9 anos.

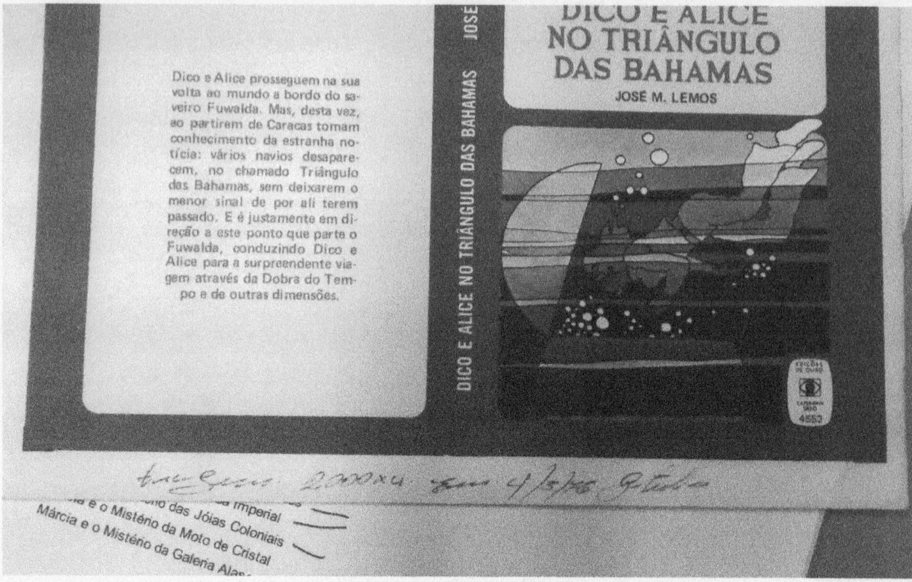

Figura 3 – Detalhe de capa com dados de tiragem para *Dico e Alice no Triângulo das Bahamas*

Figura 5 – Arte original de Noguchi para
Dico e Alice e o Cérebro de Pedra

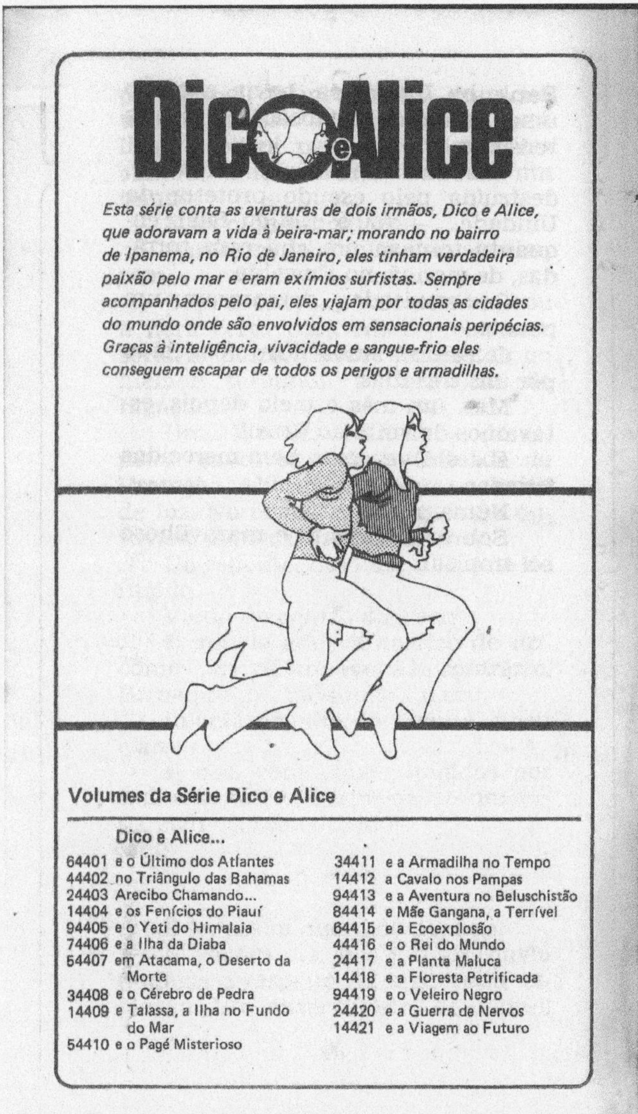

Figura 4 – Anúncio sobre a série *Dico e Alice* que inclui os 10 volumes nunca editados

Dico e Alice a cavalo nos pampas: monocórdica aventura cuja lição é... resistir, resistir, resistir.

Embora os desenhos de Mendes para o livro não tenham sobrevivido nos arquivos da editora (Figura 6), sabemos pela arte-final preservada que eles seriam em número de oito (Figura 7). Fichas de produção e provas de capa (Figuras 8, 9 e 10) mostram que a edição original teria sido em formato Duplo em Pé, a exemplo do último título publicado, o décimo primeiro da série, *Dico e Alice e a Armadilha no Tempo*, e com 4.000 exemplares de tiragem (Figura 11). Mas já havia também arte adiantada (Figura 12) para o formato de bolso, o padrão da série até então.

Do parecer interno anônimo sobre os originais (Figura 13), emergem poucos detalhes de interesse para além da constatação óbvia acerca da história:

> É mais monótono que os anteriores porque toda a história se reduz a um único episódio, cuja narração ou descrição se estende pelo livro inteiro de maneira muito uniforme: os *coi-sas* atacam e Dico e Alice se defendem. E assim o tempo todo (EDIOURO, 1976, p. 1).

O próprio autor, convocado a um prefácio para falar sobre um livro do qual pouco se recordava, relembra suas motivações para além das necessidades de pão e aluguel e ressalta que, se

> a maioria das narrativas da série fala da luta pela liberdade contra tiranos, na maioria, cômicos, (...)[neste] o inimigo sequer tem nome, é uma *coisa* (ou um *coisa*, como prefere Dico). A razão dos seus ataques é nenhuma, na verdade não são nem seres de verdade. E o que cabe aos nossos heróis é **apenas** eliminá-los, o que fazem incansavelmente. (FIGUEIREDO, 2022. Grifo nosso.).

A aventura algo repetitiva e menos rica em reviravoltas, que para Figueiredo denotava “a fadiga, o esgotamento do autor, a

Figura 6 – Maço com artes-finais para versão de bolso

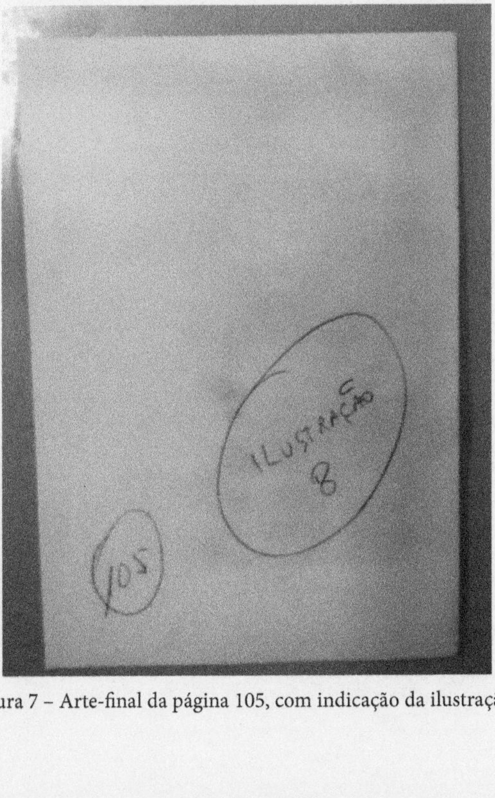

Figura 7 – Arte-final da página 105, com indicação da ilustração 8

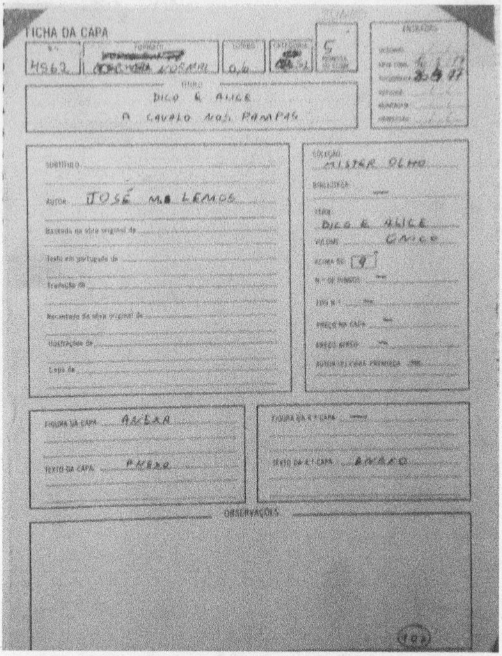

FICHA DA CAPA

4562 | NORMAL | 0,6

TÍTULO: DICO E ALICE A CAVALO NOS PAMPAS

COLEÇÃO: MISTER OLHO

AUTOR: JOSÉ M. LEMOS

SÉRIE: DICO E ALICE

VOLUME: CINCO

FIGURA DA CAPA: ANEXA

TEXTO DA CAPA: ANEXO

TEXTO DA 4.ª CAPA: ANEXO

OBSERVAÇÕES

Figura 8 – Ficha de produção

Figura 9 – Prova de capa do formato Duplo em Pé

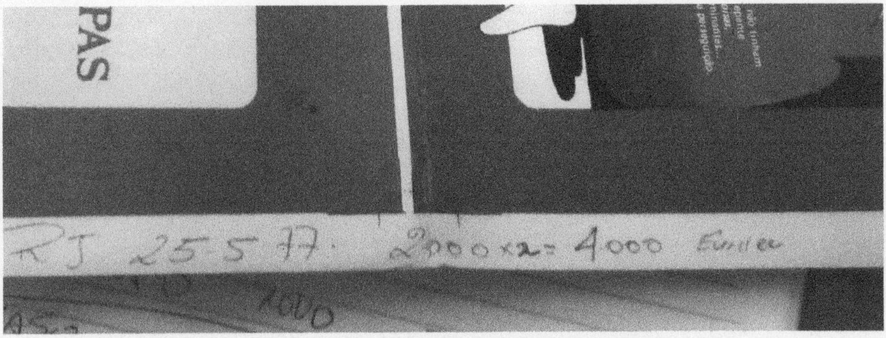

Figura 11 – Detalhe da prova de capa, com informações de tiragem e data

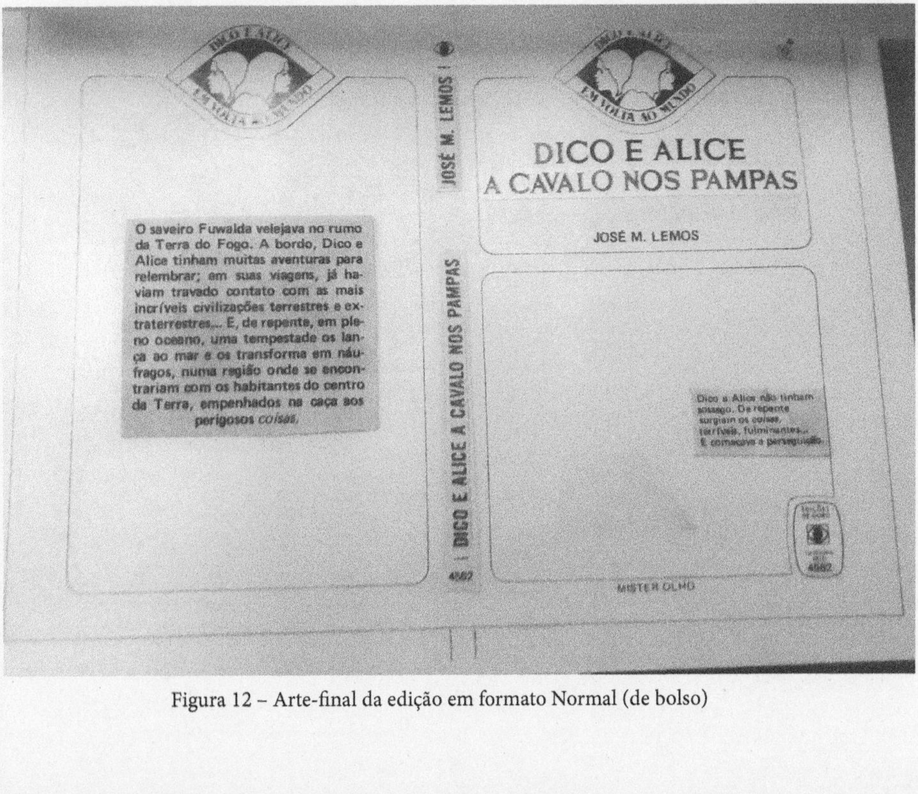

Figura 12 – Arte-final da edição em formato Normal (de bolso)

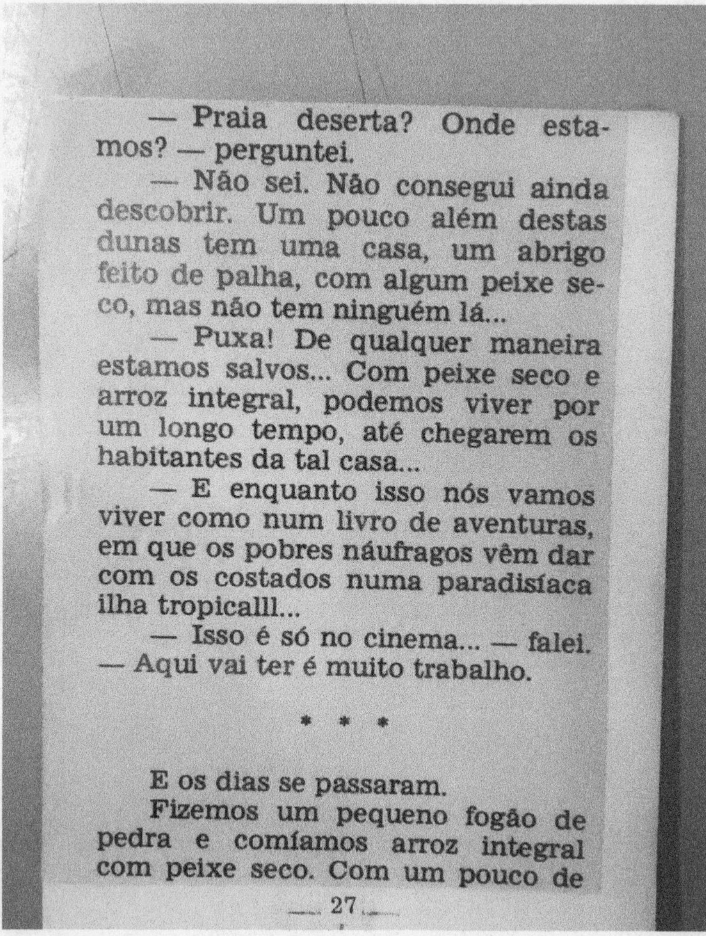

— Praia deserta? Onde estamos? — perguntei.

— Não sei. Não consegui ainda descobrir. Um pouco além destas dunas tem uma casa, um abrigo feito de palha, com algum peixe seco, mas não tem ninguém lá...

— Puxa! De qualquer maneira estamos salvos... Com peixe seco e arroz integral, podemos viver por um longo tempo, até chegarem os habitantes da tal casa...

— E enquanto isso nós vamos viver como num livro de aventuras, em que os pobres náufragos vêm dar com os costados numa paradisíaca ilha tropicalll...

— Isso é só no cinema... — falei. — Aqui vai ter é muito trabalho.

* * *

E os dias se passaram.

Fizemos um pequeno fogão de pedra e comíamos arroz integral com peixe seco. Com um pouco de

27

Figura 10 – Arte-final da página 27

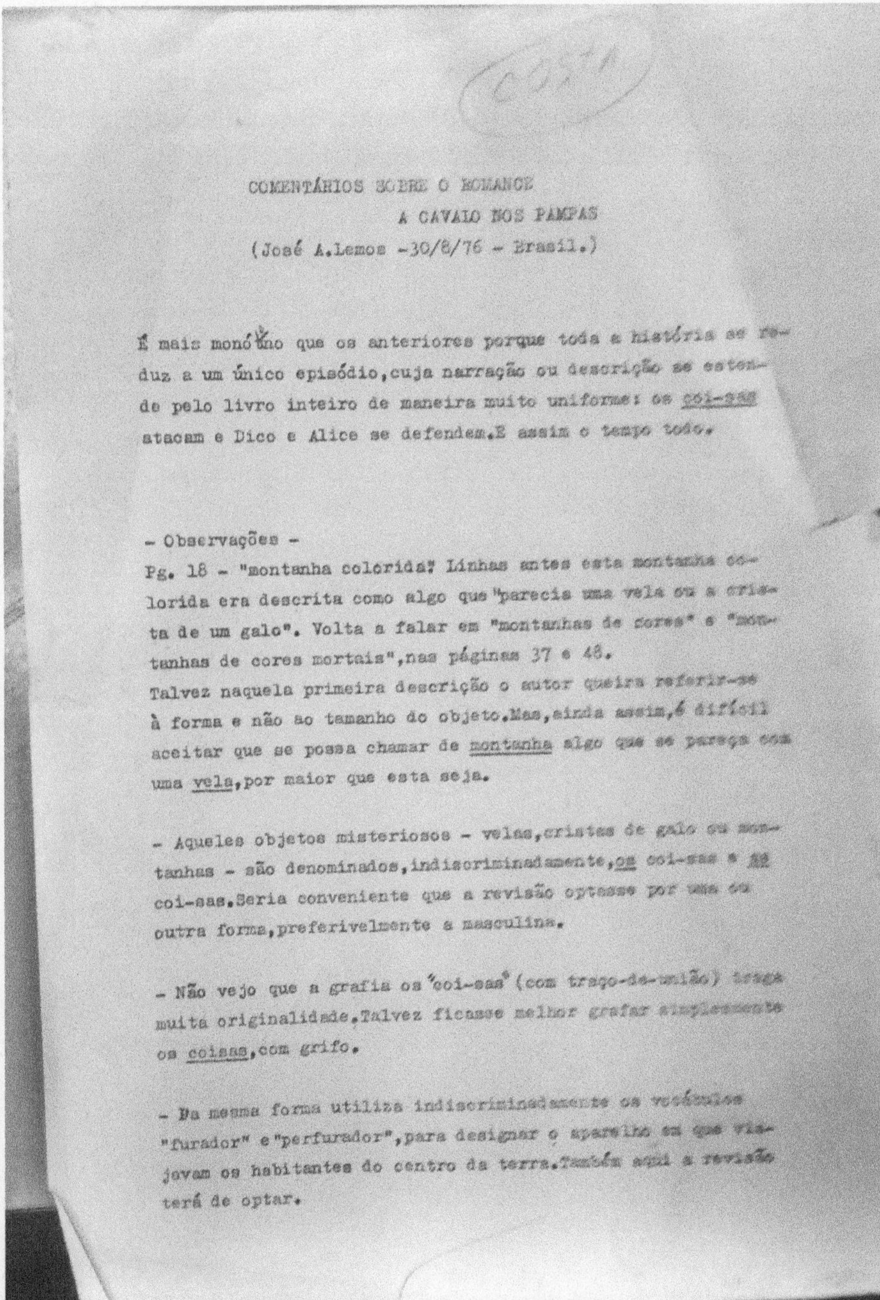

COMENTÁRIOS SOBRE O ROMANCE
A CAVALO NOS PAMPAS
(José A.Lemos -30/8/76 - Brasil.)

É mais monótono que os anteriores porque toda a história se reduz a um único episódio,cuja narração ou descrição se estende pelo livro inteiro de maneira muito uniforme: os coi-sas atacam e Dico e Alice se defendem.E assim o tempo todo.

- Observações -
Pg. 18 - "montanha colorida" Linhas antes esta montanha colorida era descrita como algo que "parecia uma vela ou a crista de um galo". Volta a falar em "montanhas de cores" e "montanhas de cores mortais",nas páginas 37 e 48.
Talvez naquela primeira descrição o autor queira referir-se à forma e não ao tamanho do objeto.Mas,ainda assim,é difícil aceitar que se possa chamar de montanha algo que se pareça com uma vela,por maior que esta seja.

- Aqueles objetos misteriosos - velas,cristas de galo ou montanhas - são denominados,indiscriminadamente,os coi-sas e as coi-sas.Seria conveniente que a revisão optasse por uma ou outra forma,preferivelmente a masculina.

- Não vejo que a grafia os "coi-sas" (com traço-de-união) traga muita originalidade.Talvez ficasse melhor grafar simplesmente os coisas,com grifo.

- Da mesma forma utiliza indiscriminadamente os vocábulos "furador" e "perfurador",para designar o aparelho em que viajavam os habitantes do centro da terra.Também aqui a revisão terá de optar.

Figura 13 – Parecer interno sobre o livro

viver esse insuportável, principalmente para o espírito, estado de coisas nos anos 1970" (FIGUEIREDO, 2022), ainda assim serve como oportunidade — temperada por pitadas de H.G. Wells e Terras ocas — para apresentar aos jovens leitores as paisagens dos pampas, os hábitos dos gaúchos (onde mais uma criança leria sobre cavalos e "madrinhas"?), a ciência por detrás dos solenoides e, por que não, a importância da resiliência ante agressores (antes) inimagináveis, difusos e difíceis de precisar.

É um imenso prazer trazer a público mais essa aventura dos jovens *hippies* setentistas de Carlos Figueiredo, paladinos contra a opressão e a censura, contra o machismo, a destruição do meio ambiente e dos povos indígenas, em um momento em que o país precisa cada vez mais de vozes de tolerância, pluralidade, razão e coragem anticaretice, como sempre o foram Dico e Alice.

Silva Jardim, maio de 2022

Referências

EDIOURO. **Comentários sobre o romance A cavalo nos pampas - de José M. Lemos.** Parecer datilografado inédito datado de 30 de agosto de 1976. Fonte: Arquivo da Ediouro.

FIGUEIREDO, Carlos (sob o pseudônimo de José M. Lemos). **Dico e Alice a Cavalo nos Pampas**. Rio de Janeiro: Tecnoprint, 1976a. Manuscrito inédito.

_____ (sob o pseudônimo de José M. Lemos). **Dico e Alice e a Aventura no Beluchistão.** Rio de Janeiro: Tecnoprint, 1976b. Manuscrito inédito.

_____ (sob o pseudônimo de José M. Lemos). **Dico e Alice e o Rei do Mundo**. Rio de Janeiro: Tecnoprint, 1976c. Manuscrito inédito.

_____ (sob o pseudônimo de José M. Lemos). **Dico e Alice e a Planta Maluca**. Rio de Janeiro: Tecnoprint, 1976d. Manuscrito inédito.

_____ (sob o pseudônimo de José M. Lemos). **Dico e Alice e a Floresta Petrificada**. Rio de Janeiro: Tecnoprint, 1976e. Manuscrito Inédito.

_____ (sob o pseudônimo de José M. Lemos). **Dico e Alice e o Veleiro Negro**. Rio de Janeiro: Tecnoprint, 1976f. Manuscrito inédito.

_____. **Contato para entrevista sobre série *Dico e Alice*.** [*online*] Mensagem pessoal enviada para o autor. 19 de novembro de 2014a.

_____. **Contato para entrevista sobre série *Dico e Alice*.** [*online*] Mensagem pessoal enviada para o autor. 25 de dezembro de 2014b.

_____. **Agradecimento.** [*online*] Mensagem pessoal enviada para o autor. 10 de setembro de 2018.

_____. Prefácio. In: **Dico e Alice a cavalo nos pampas.** Porto Alegre: AVEC Editora, 2022.

FRAGA, Pietra. Neville D'Almeida: da liberdade à estética do deslimite. In: **Arte Capital** [revista eletrônica]. Disponível em: <https://www.artecapital.net/ entrevista-155-neville-d-almeida>. Acesso em: 10 set. 2018.

NAHOUM, Leonardo. **Livros de bolso infantis em plena ditadura militar: a insuperável Coleção *Mister Olho* (1973-1979) em números, perfis e análises.** Porto Alegre: AVEC Editora, 2022.

Sobre a organização e edição dos originais

As artes-finais de *Dico e Alice a cavalo nos pampas*, encontradas durante nossas pesquisas de mestrado e doutorado, já refletiam o trabalho de edição da Ediouro para o romance de Carlos Figueiredo. Por exemplo, houve padronização na grafia do nome dos monstros-da-semana, os *coisas* (assim, em itálico, em vez de com hífen, como queria o autor: "coi-sas") e algumas passagens descritivas também provavelmente receberam revisão, a julgar pelas recomendações do parecerista da editora.

O livro, nesta edição da AVEC, ganhou prefácio do próprio autor, que completa 80 anos em dezembro de 2023, um texto autobiográfico onde este apresenta aos leitores sua trajetória, um posfácio de nossa autoria, e ilustração de capa de Tibúrcio. A arte não aproveitada de Noguchi, porém, pode ser vislumbrada ao final do volume, em nosso texto sobre o *Pampas* e a série, assim como inúmeros documentos do processo de produção original.

Sobre o autor

Carlos Figueiredo escreveu a série *Dico e Alice* quando retornou ao Brasil, no final da década de 1970, depois de viajar durante anos de carona — viajou certa feita "no dedo" de Kabul a Londres —, trem, barco, navio, kombi, avião, ônibus e a pé, pela América do Sul, Europa, Norte da África e, várias vezes, pela chamada *Hippie Trail*, que ia da Europa até a Índia e o Nepal.

Sua inclinação à aventura foi despertada na infância, pelas histórias mirabolantes contadas nas noites de São Luís por sua tia Mimá, que terminaram tornando-o, na juventude, ávido leitor da coleção *Terramarear*, editada pela Companhia Editora Nacional. Stevenson, Kipling, Mayne Reid, Emílio Salgari, Edgar Rice Burroughs, Fenimore Cooper e Jules Verne incendiaram a sua imaginação. Seu temperamento aventureiro é o esteio da narrativa dessa coleção (e Alice, a heroína, foi inspirada pela irreverência da Emília do Sítio do Pica Pau Amarelo). Militante da chamada Revolução dos Costumes, que marca a segunda metade do século passado, seu ousado périplo pelo mundo foi temperado por uma alma de poeta, que nos deu, até o presente, dois livros de poesia — *Estranha Desordem* (Paz e Terra) e *Goliardos, os beatniks do século XII* (Lazulli), e ainda um outro — *A arquitetura da ausência* — pronto para publicação.

Independente do mérito que os seus textos voltados para o público infantojuvenil possam ter, Carlos Figueiredo considera o estímulo à imaginação, à ideia da insubmissão, principalmente na época da Ditadura, quando os livros de *Dico e Alice* foram publicados, a boa semente do seu trabalho. Difícil discordar.

Na série, um rei absolutista que só admitia tons de branco nas paredes das casas, nas roupas, nos quadros dos pintores é derrotado pela Revolução das Cores. Outro, que tentava controlar seu mundo submarino com robôs, tem um final merecido, tornando-se um robô avariado. Na Amazônia, indígenas escravizados se revoltam e expulsam os exploradores.

Seu texto, quase sempre cercado de uma boa dose de humor, deixa plantada a semente da Liberdade.

Além da série *Dico e Alice* e dos dois livros de poesia acima mencionados, publicou três coletâneas *100 Poemas Essenciais da Língua Portuguesa*, *100 Discursos Históricos* e *100 Discursos Históricos Brasileiros* (Editora Leitura).

Seu último trabalho, que se encontra pronto para edição, *Memórias de um hóspede*, narra a sua vida de aventuras pelo mundo, no autoexílio da Ditadura.

Carlos Figueiredo tem, ainda, uma folha de serviços prestados, desde o seu retorno, na luta pela redemocratização. Na virada da década de 1970/1980 mudou-se do Rio de Janeiro, onde ficara ao retornar ao Brasil, para São Paulo e passou a militar na política nacional, como colaborador de Franco Montoro, tendo participado da coordenação da série de eventos que culminaram no histórico comício do Vale do Anhangabaú em abril de 1984. A convite do então Governador Franco Montoro, ocupou, no final de sua Administração, o cargo de Secretário Estadual da Participação e Descentralização.

Próximo de comemorar — em 2023 — 80 anos, o autor vive no presente entre Trancoso, no sul da Bahia, e São Luís do Maranhão, onde faz companhia à sua mãe, que completou em novembro de 2021, 102 anos. Para encerrar esta autoapresentação, uma palavra do autor:

Depois de tatear, depois de muitas idas e vindas, descobri, no livro A fragilidade da bondade, *da filósofa americana Martha Nussbaum, um princípio, que considero o Norte da nossa ação na interação com o mundo:* ***a diminuição do sofrimento desnecessário.***

Dor, tragédia, angústia e desespero há sempre de pintar por aí. Mas há uma quota dessas agruras que não se deve à fatalidade. Há uma parte, talvez a maior parte, desse sofrimento humano que se deve à mesquinhez, ao preconceito, à ganância. Mais que outra, essa ideia de lutar pela diminuição do sofrimento desnecessário me parece que nos liberta de ideologias tacanhas, de crenças, e situa um ideal que pode nos irmanar, de forma ampla, lúcida e livre. Peço que reflitam sobre isso.

SOBRE O ORGANIZADOR

Leonardo Nahoum é professor de Língua Portuguesa e Literaturas nas redes municipais de Rio das Ostras e Silva Jardim, doutor em literatura comparada pela Universidade Federal Fluminense, mestre em estudos literários, jornalista e licenciado em Letras. Autor dos volumes *Livros de bolso infantis em plena ditadura militar* (AVEC, 2022) e *Histórias de Detetive para Crianças* (Eduff, 2017), da *Enciclopédia do Rock Progressivo* (Rock Symphony, 2005) e de *Tagmar* (primeiro *role-playing game* brasileiro; GSA, 1991), dirige, ainda, o selo musical Rock Symphony, com mais de 120 CDs e DVDs editados, e dedica-se a pesquisas no campo da literatura infantojuvenil de gênero (*genre*, não *gender*), com foco em escritores como Hélio do Soveral, Ganymédes José e, claro, Carlos Figueiredo.

AVEC

EDITORA